Arena-Taschenbuch
Band 50888

Ebenfalls von der Autorin im Arena Verlag erschienen (Auswahl):

Der Schicksalsritt
Milas Zauberlied
Der Ruf der Elefanten
Ein Pferdesommer voller Freiheit
Pferde, Sehnsucht, Abenteuer
Pferde, Wind und Sonne
Melina und die Delfine
Im Wind der Camargue
Solal, das Feuerpferd
Das Mondpferd
Mari reitet wie der Wind
Shana, das Wolfsmädchen
Shana, das Wolfsmädchen und der Ruf der Ferne
Der rote Seidenschal
Tochter des Meeres
Weißer Kranich über Tibet
Anahita – Im Land des Monsuns
Sonnenpfeil
Der Türkisvogel
Kel Rela – Im Herzen der Sahara
Die goldenen Dächer von Lhasa
Tara und die Reiter des Windes
Hinani – Tochter der Wüste

Federica de Cesco
wurde 1938 in Italien geboren. Sie hat viele Länder kennengelernt und lebt heute mit ihrem japanischen Ehemann in der Schweiz. Ihre Bücher wurden in zahlreiche Sprachen übersetzt. Für ihr schriftstellerisches Schaffen wurde Federica de Cesco mehrfach ausgezeichnet.

Federica de Cesco

Wildpferde in Gefahr

Arena

FSC
www.fsc.org
MIX
Papier aus verantwortungsvollen Quellen
FSC® C110508

1. Auflage als Arena-Taschenbuch 2016

Erstmalig erschienen 2001 im Sammelband
»Pferde, Sehnsucht, Abenteuer«, Arena Verlag GmbH, Würzburg

Umschlaggestaltung und -typografie: Jennifer Haug unter
Verwendung von Fotos von
Shutterstock © IrinaKrivoruchko, fotolia © callipso88
Gesamtherstellung: Westermann Druck Zwickau GmbH
ISSN 0518-4002
ISBN 978-3-401-50888-7

Besuche uns unter:
www.arena-verlag.de
www.twitter.com/arenaverlag
www.facebook.com/arenaverlagfans

Samstagmorgen

Karen erwachte wie gewöhnlich kurz vor sieben Uhr. Sie seufzte und drückte den Kopf wieder ins Kissen, denn sie hatte sich vorgenommen, einmal gründlich auszuschlafen in den zwei Tagen, die ihr von den Ferien blieben. Ab Montag musste sie nämlich schon um fünf Uhr aufstehen; bereits um sechs wollte sie mit Angela Zeitungen austragen. Auf keinen Fall durfte es später werden. Was die Pünktlichkeit betraf, darin kannte der dicke Butch keinen Spaß.

Gestern Abend hatten ihre Eltern die großartige Idee gehabt, nach dem Kino noch die Jones zu einem Drink einzuladen. Gegen Mitternacht waren sie aufgekreuzt, ein paar Flaschen kaltes Bier und ihre Sandwiches unter den Arm geklemmt. Karens Vater hatte die Tankstelle geschlossen und die ganze Gesellschaft machte sich im Wohnzimmer breit, in dem sich alle bis vier Uhr morgens den Hintern platt drückten, während harte Rockmusik aus dem Fernseher dröhnte.

Karen drehte sich missmutig auf die Seite. Die Sonne schickte ihre leuchtenden Strahlen wie Pfeile durch die Ritzen der Jalousien, malte einige Zickzacklinien an die Zimmerdecke und kitzelte ihre Nase. Vor dem Haus hörte Karen die Fahrzeuge anhalten, auftanken, abfahren. Ein Hund bellte. Ein Radio gab lautstark den lokalen Wetterbericht durch: 40 Grad im Schatten im ganzen Südosten von Texas. Wir werden zu Larry gehen, überlegte Karen. Larrys Eltern besaßen eine große Villa, mit smaragdgrünem Rasen und einem Swimmingpool mittendrin. Sie hatten allerdings auch das Geld dazu: Der Vater war Bürgermeister von Silver City mit 24 000 Einwohnern, nördlich vom Rio Pecos. Das hinderte nicht daran, dass sie sehr beliebt waren, seine Eltern. Larry durfte einladen, wen er wollte. Man tollte im Schwimmbecken herum, spielte Tischtennis oder grillte Würstchen. Seine Mutter ließ Cola oder Himbeerlimonade verteilen. Abends spielte Geronimo Colorado Gitarre und sang dazu. Dann wurde es hochromantisch! Larrys Mutter sagte nie etwas, auch nicht, wenn sie Krach machten. Sie bestand nur darauf, dass die Abfälle nicht auf dem Rasen liegen blieben oder ins Wasser geworfen wurden. Bill Sutterman hatte einmal eine Cocaflasche hineingefeuert; am nächsten Tag lag sie immer noch im Wasser. Mit sanfter Gewalt hatte Larrys Mutter Bill gezwungen, nach der Flasche zu tauchen, sie herauszufischen und in den Abfalleimer zu werfen. Das vor allen anderen! Bill war es sehr peinlich gewesen, aber alle waren mit Larrys Mutter derselben Meinung: Der Mist darf nicht herumfliegen, wo man geht und steht. Wer hat Lust, auf einem Müllhaufen zu sitzen? Überhaupt: Ist nicht schon die ganze Welt im Begriff, einer zu werden durch Autofriedhöfe, Industrieabfälle, Auspuffgase und Atommüll? Selbst in Silver City verbreitete die Fabrik für Corned Beef und Bouillonwürfel in der Mittagshitze einen unerträglichen Gestank, obschon

durch die Nähe der Wüste die Luft dieser Gegend eigentlich rein und klar ist.
Karen warf die Decke zurück und stand auf. Es war zu früh, um zu Larry zu gehen, aber Angela war sicherlich schon auf den Beinen. Im Pyjama ging sie ins Badezimmer, putzte sich die Zähne und duschte. Das Wasser zischte und es hämmerte laut in den Rohren. Die Dusche war wieder einmal verkalkt. Lange blonde Haare von Barbie krümmten sich im Waschbecken. Ekelhaft! Mit gerümpfter Nase nahm Karen ein Stück Klopapier, wischte die Haare ihrer Schwester zusammen, warf sie ins WC und zog die Spülung.
Vor dem fleckigen Spiegel bürstete sie ihre widerspenstige Mähne. Das Haar, nicht blond, nicht braun, fiel ihr lässig in den Nacken. Sie bürstete es einmal morgens, das reichte für den ganzen Tag. Sie schminkte sich nie, dazu hatte sie keine Geduld, auch nicht das Geld, um sich das zu kaufen, was man dazu brauchte.
Karen ging ins Schlafzimmer zurück. Natürlich, Barbie hatte ihr Bett nicht gemacht. Karen ließ es, wie es war, zog jedoch ihre eigenen Betttücher sorgfältig glatt. Ihre Jeans und das rote T-Shirt lagen achtlos hingeworfen am Boden. Karen bückte sich danach, zog sich an und schnallte den Gürtel um. Die Füße steckte sie in Sandalen, die durch eine Schlaufe um den großen Zeh festgehalten wurden. Dann verließ sie das Schlafzimmer und schlenderte durch den Wohnraum. Plastiktüten, Papier und leere Bierflaschen häuften sich auf dem Tisch. Die Aschenbecher quollen über. Es stank nach Zigarettenrauch und Ketchup.

In der Küche spülte ihre Mutter, mit Nylonnachthemd und einem geblümten Morgenrock bekleidet, das Geschirr. Sie trug Pantoffeln, Gummihandschuhe und in den Haaren Lockenwickler. Eine Zigarette hing ihr im Mundwinkel. »Was machst du denn schon hier?«, fragte sie mürrisch. »Ich dachte, du wolltest schlafen.«

»Konnte kein Auge zutun«, stöhnte Karen. »Ihr habt ja so einen Krach gemacht!«

»Wer, wir?«, entgegnete Mutter gereizt. »Du kannst deine Eltern nicht daran hindern, am Freitagabend Freunde einzuladen. Beim Kartenspiel werden Witze erzählt, dass man lacht, ist normal! Beklagst du dich auch, Großmutter?«

Großmutter, zweiundsiebzig Jahre alt, die an einer Tischecke saß und Bohnen abfädelte, schnitt ein Gesicht, das vielsagend war. Großmutter und Karen verstanden sich vollkommen. Es gab Tage, an denen Karen zu Angela sagte, dass Großmutter der einzige Mensch über fünfundzwanzig sei, den sie ertragen könne. »Ich hoffe, sie wird hundert Jahre alt, sonst weiß ich nicht, was aus mir wird . . .«

Großmutter war lang und dünn, ihr Gesicht hatte die Farbe gegerbten Leders. Die Hände waren breit und die Ellbogen knochig. Sie trug die weißen Haare in der Mitte gescheitelt und im Nacken als Knoten, der mit großen Nadeln festgesteckt war. Sie hatte ihr Leben lang auf dem Feld gearbeitet, wie eine Maschine, aber der Rücken war gerade geblieben und der Gang leicht. Mit dem schwarzen weiten Rock, der weiß gepunkteten Bluse, dem Kopftuch glich sie von Weitem einem schlaksigen Teenager.

»Es ist Kaffee in der Thermoskanne«, sagte sie. Karen lächelte dankbar: Großmutter dachte immer an alles. Sie öffnete den Kühlschrank, nahm eine Flasche Milch heraus, füllte Cornflakes in eine Schale und vermischte alles mit Zucker. Sie setzte sich an den Tisch, Großmutter gegenüber, die den Thermosdeckel losschraubte und eine Tasse Kaffee einschenkte.
Ihre Mutter lärmte mit dem Geschirr im Spülbecken. »Also wieder einmal Ferien! Da treibst du dich den ganzen Tag nur auf der Straße herum.«
»Wenn ich zu Hause bleibe, gehe ich dir auf die Nerven und nehme zu viel Platz weg«, antwortete Karen mit vollem Mund. »Das hast du selbst gesagt!«
». . . immer mit diesen Nichtstuern. Zu meiner Zeit blieben die Weißen bei den Weißen und die Schwarzen bei den Schwarzen.«
»Heute geht die Jugend mit der Jugend«, sagte Großmutter mit sanfter Stimme. »Noch ein wenig Kaffee, Karen?«
»Danke vielmals.« Karen hielt die Tasse hin. Sie war immer sehr höflich zur Großmutter, sprach korrekt und fluchte niemals in ihrer Gegenwart. Alles aus Achtung vor ihr.
Im Spülstein lief das Wasser gurgelnd in den Abfluss. Die Mutter streifte die Gummihandschuhe ab. »Hast du dein Bett gemacht?«
»Das mache ich immer«, sagte Karen. »Es ist Barbie, die es liegen lässt.«
»Barbie arbeitet«, erwiderte ihre Mutter, was heißen sollte, sie, Karen, arbeitete nicht.
Karen stand auf, spülte die Schale und die Tasse aus,

stellte die Milchflasche in den Kühlschrank. Sie nickte Großmutter zu und sauste die Treppe hinunter.
»Wo gehst du denn hin?«, schrie die Mutter hinter ihr her.
Die Tür knallte zu. Es war eben neun Uhr, aber die milchige Sonne brannte schon heiß auf den Asphalt. Zwei Wagen, ein Buick und ein Chevrolet, sowie ein Lastwagen hielten vor der Tankstelle. Ihr Vater war beim Auftanken. Er trug einen blauen Overall, auf dem »Texaco« stand, und eine Schirmmütze. Der Typ im Buick – mit Weste, Krawatte, Bärtchen – zahlte, gab Trinkgeld und verschwand. Der Lastwagenfahrer ging zur Toilette. Im Chevrolet saß eine Dame mit einem Hund. Der Hund, ein abscheulicher kleiner Pinscher, sprang gegen die Scheiben und fletschte die Zähne, während Vater die Windschutzscheibe reinigte. Er sah Karen mit ausdruckslosen Augen an, steckte das Trinkgeld ein, gab Zeichen und der Chevrolet fuhr davon. Dann nahm Vater eine Flasche Bier von der Fensterbank, tat einen Schluck und brummte: »He! Schon wieder Ferien? Und wie willst du die Zeit totschlagen? Ich hoffe, du lässt dich mal hier blicken, um mir zur Hand zu gehen.«
»Du zahlst wie viel?«, fragte Karen kühl.
»Hör dir das mal an!« Empört wischte sich ihr Vater das Kinn mit dem Handrücken ab. »Es ist deine verdammte Pflicht und Schuldigkeit, den Eltern zu helfen. Du hast 'ne Bude, Essen, Kleidung. Wozu brauchst du Geld?«
»Vergiss es, ich habe schon Arbeit«, sagte Karen zu ihrem Vater. »Angela und ich werden Zeitungen austra-

gen, zweimal am Tag, ab Montag.« Butch Slane, der Buchhändler, hatte sie schon in den Osterferien angestellt. Mit Angelas Motorrad war die Arbeit nicht schwer gewesen: Angela steuerte die Maschine, während Karen die Zeitungen in die Briefkästen steckte oder über den Gartenzaun warf. Butch hatte ihnen für Ende des Monats 50 Dollar versprochen und er war jemand, der Wort hielt.
Der Lastwagenfahrer kam zurück. Vater stellte die Flasche dorthin, wo er sie hergenommen hatte, und drehte den Benzinhahn auf, um den Lastwagen vollzutanken. Karen nützte den Augenblick, um zu verschwinden. Sie wusste, dass ihr Vater etwas gegen ihre dunkelhäutige Freundin hatte. In Texas war die Kluft zwischen Schwarz und Weiß immer noch tief.
Karen ging schnell, die Hände in den Hosentaschen. Als sie am Geschäft des dicken Butch vorbeikam, winkte sie vergnügt. Hinter seinem Zeitungsstand hob Butch die behaarte Pranke und zeigte grinsend seine schlechten Zähne.
Angela wohnte zwei Straßen weiter in einer Holzbaracke. Sie war weiß angestrichen und hatte grüne Fensterläden. Im Vorgarten, in dem Tomaten, Kürbisse und Sonnenblumen wuchsen, zog Diana, Angelas kleine Schwester, ein Dreirad über den Kies. Sie hatte winzige krause Zöpfe mit rosa Schleifen und trug ein Kleid aus Nylonspitze. Die Nase lief und musste dringend geputzt werden.
»Hallo, Diana!«, sagte Karen und stieß das Tor auf. »Wo ist Angela?«
»Sie arbeitet«, antwortete die Kleine ernst.

»So, was macht sie denn?«
Angelas Mutter steckte den Kopf aus dem Küchenfenster. Ihre glänzenden Zähne blitzten und die schwarze Haut leuchtete fast bläulich in der prallen Sonne. »Sie ist hinter dem Haus und repariert ihr Motorrad.«
»Danke, Mrs Delafontaine!«, rief Karen. Sie schritt an den Tomatenpflanzen vorbei und ging um das Haus herum. Vor einem Verschlag aus morschen Holzbrettern pickten Hühner und zwei Truthähne Körner. Auf einer Leine trocknete Wäsche. Angela hockte am Boden vor ihrer Maschine. Sie hob den Kopf und lächelte strahlend.
»Ist etwas nicht in Ordnung?«, fragte Karen.
»Ja, die Beleuchtung! Muss mal nachsehen, was los ist.«
Karen setzte sich ihr gegenüber und schaute ihr zu. Angela nahm die Lampe behutsam auseinander und legte die einzelnen Schrauben auf ein Stück Papier vor sich hin. Das Motorrad, eine Yamaha, Zweizylinder, aus Chrom, schwarz lackiert, glänzte in seiner Pracht und Schönheit in der Sonne. Um es sich leisten zu können, hatte Angela jeden Tag nach der Schule als Kellnerin in einem Drugstore gearbeitet, fünf Monate lang. Sie hatte noch 20 Dollar für die letzte Rate zu zahlen, fast genauso viel, wie sie beim Austragen der Zeitungen verdienen würde.
Karen schwieg. Es war nicht gut, Angela zu stören, wenn sie an ihrem Motorrad herumhantierte. Die Truthähne gluckten, ein Huhn kratzte ein Loch in die Erde und plusterte sich auf. Endlich fügte Angela die Teile der Lampe zusammen und drehte die Schrau-

ben fest. Ihre langen Finger arbeiteten geschickt, mit ruhiger Gelassenheit.

»Geht's?«, fragte Karen voller Bewunderung. Sie selbst hätte so etwas nie fertiggebracht!

Angela richtete sich auf, schaltete die Lampe ein und aus, betrachtete sie aufmerksam, wie ein Arzt, der einen Patienten beobachtet. Zufrieden reinigte sie sich die Hände an einem Lappen. Nächstes Jahr würde sie eine Lehre als Mechanikerin in einer Garage beginnen. Trotz ihres Altersunterschiedes verstanden die beiden Mädchen sich gut. Karen wurde erst 14 und Angela war schon einen ganzen Kopf größer. Sie hatte die breiten Schultern einer Schwimmerin und Beine, die nicht enden wollten. Ihre Haut war nicht so schwarz wie die ihrer Mutter, eher kaffeebraun. Eine riesige krause Haarkrone überragte ihr zartes Profil. Sie trug ausgefranste blaue Bermudas aus Leinen, ein rotes T-Shirt, dazu eine mit Nägeln beschlagene Weste. Sie war barfuß.

»Der alte Tim fuhr mit dem Lastwagen vorbei, als er vom Reservat kam«, sagte sie. »Es scheint, dass Geronimo Ärger hat . . .«

»Schon wieder!« Karen seufzte.

Geronimo Colorado hatte oft Ärger. Kein Wunder, wenn man Indianer ist, vierzehn Jahre alt und den Mund nicht halten kann. Auf Angelas Frage »Was für Ärger?« hatte der alte Tim – ein Farmer, der Hafer an die Indianer verkaufte – die Schultern gezuckt. »Keine Ahnung! Eine Pferdegeschichte, glaube ich.«

»Wir werden ins Reservat fahren«, entschied Angela und Karen nickte zustimmend.

Angela drehte den Wasserhahn auf und ließ einen dünnen Strahl über ihr Gesicht und in den Mund laufen. Sie legte ihre breite Hand um die Lenkstange, die andere an den Sitz und schob die schwere Maschine ohne sichtbare Anstrengung vor das Haus. Mrs Delafontaine lehnte an einem der Fenster und schüttelte den Staubwedel aus. Sie rief: »Bist du zurück zum Essen?«
»Weiß nicht!«, sagte Angela. »Wir wollen ins Reservat.«
Mrs Delafontaine verschwand mit dem Staubwedel. Diana kam angelaufen und zog mit Getöse das Dreirad über die Steine. »Sag, nimmst du mich mit?«
»Schwesterchen«, sagte Angela streng, »so behandelst du dein Dreirad? Geht es wieder kaputt, repariere ich es nicht mehr. Nein, ich kann dich heute nicht mitnehmen. Das nächste Mal.«
Sie bestieg die Maschine, Karen setzte sich hinter sie auf den angenehm federnden Sattel. Mit der rechten Hand drehte Angela leicht am Gashebel und die Yamaha setzte sich in Bewegung. Das knatternde Geräusch des Motors schallte in der stillen Straße. Kinder lehnten sich ins Fenster. Andere stürzten in die Gärten und schrien vor Vergnügen. Ein Hund bellte. Unbeeindruckt betätigte Angela die Kupplung. Sie lenkte ihre Yamaha zwischen den Gartenzäunen wie ein endlos fügsames Reittier. Am Ende der Straße bog sie schräg in Richtung Wüste ein.
Als sie den Highway erreichten, schaltete Angela mit einer kleinen Fußbewegung in den zweiten Gang. Karen umklammerte ihre Freundin. Sie rollten mit gro-

ßer Geschwindigkeit über den Asphalt. Der Motor summte gleichmäßig und weich. Karen lächelte glücklich. Sie fuhr viel lieber mit dem Motorrad als im Auto, unvergleichlich lieber. Eines Tages, dachte sie, werde ich auch mein Motorrad haben. Die Haare flatterten vor ihren Augen. In der großen Hitze verursachte der Fahrtwind eine angenehme Kühle.

Sie ließen Silver City mit den Grünflächen der Gärten, dem Wasserturm, der Corned-Beef-Fabrik, die ekelhafte schwarze Rauchwolken in den klaren Himmel ausspie, hinter sich zurück. Eine blendende, glühende Ebene unter dunstig blauem Himmel.

Drei Kilometer nach dem Straßenschild, das Silver City anzeigte, bog ein Weg in steiniges Gelände ab. Angela senkte die Geschwindigkeit. Das Motorrad rollte in gleichmäßigen kleinen Schaukelbewegungen. Die kräftige Federung und das Schaumgummipolster fingen jeden Stoß auf. Die Reifen hinterließen ihre Spuren auf dem mit Geröll vermischten Sand.

Einige Minuten später erblickten sie das Kiowa-Reservat. Indianer musste man sein, um hier leben zu können – und weiß, um Menschen zu zwingen, sich in dieser kahlen, ausgedörrten Gegend niederzulassen, die im Sommer glühend heiß war, im Winter dagegen eisig kalt. Kleine Maisanpflanzungen umrahmten ein ausgedörrtes Flussbett. Elektrische Leitungsmasten standen am Wege, der in gerade Richtung zu den baufälligen kleinen Sandsteinhäusern führte, die sich um die Kirche drängten. Es gab eine trostlose Bar, eine Schule – die leer war wegen der Ferien – und einen Drugstore, der einem Lagerschuppen glich.

Das Haus von Geronimo Colorado, ebenfalls aus Sandstein gebaut, lag am Fußeeiner Anhöhe. Vonseiten seines Vaters, der an Tuberkulose gestorben war, gehörte Geronimo zu den Nachkommen des großen Häuptlings Satanta, der in den Ebenen des Nordens gekämpft hatte, um die letzten Büffelherden vor der Ausrottung zu schützen, und der in den Gefängnissen der Yankees verenden musste. Seine Mutter, Betty, war Lehrerin im Reservat. In den Ferien arbeitete sie bei der Post in Silver City, um ihr Gehalt etwas aufzubessern.
In einer roten Staubwolke erreichte die Maschine die Siedlung. Frauen traten aus ihren Behausungen. Die meisten von ihnen waren alt, aber es gab auch junge Mütter mit kleinen Kindern. Fast alle trugen Jeans oder Kleider aus hässlich verfärbter Baumwolle. Einige alte Frauen trugen noch ihre Stammestracht: weite, übereinandergebauschte Röcke, eine Bluse aus besticktem Samt und Schmuck aus Silber und Türkis. Zwei oder drei zahnlose Greise hockten im Schatten, trotz der Hitze in dicke, gemusterte Decken gehüllt. Als das Motorrad vorbeifuhr, lachten die Frauen und winkten. Kinder mit schmutzigen Nasen kreischten vor Vergnügen. Die Alten, einer Gruppe von Mumien gleich, rührten sich nicht.
Man sah kaum Männer oder junge Leute im Reservat. Fast alle arbeiteten in Silver City und kamen erst abends zurück. Nur wenige waren auf den Feldern beschäftigt oder hüteten die Schafe.
Powder, Geronimos Pferd, ein großer Fuchs, mager und scheu, war unter einem Schilfdach neben dem Haus angebunden.

Als das schwarz glänzende Motorrad vor ihm hielt, wich es erschreckt zur Seite und riss an der Leine. Geronimo Colorado trat kopfschüttelnd aus dem Haus. »Powder wird sich nie an dieses Ungeheuer gewöhnen!«

Er klopfte den Hals des Pferdes und kraulte ihm mit den Fingerspitzen die empfindliche Haut zwischen den Augen. Beruhigt senkte Powder den Kopf. Ein Zittern durchlief sein staubverkrustetes rötliches Fell.

Kinder umstanden das Motorrad in respektvoller Entfernung. Angela wusste, dass niemand es anrühren würde. Zusammen mit Geronimo gingen die Mädchen ins Haus. Im Schutze der Mauern und der engen Fenster war es angenehm kühl und dämmrig. Es gab da einen Kamin, in dem im Winter Feuer brannte, einen Tisch, Stühle, ein Sofa, auf dem viele bunt gehäkelte Kissen lagen, sowie ein spanisches Buffet und ein Bücherregal, das ausübereinandergelegten Brettern bestand, die von Backsteinen gestützt wurden. Zwei sehr schöne handgewebte Decken mit indianischem Muster in Rot und Schwarz dekorierten die Wand. Dazwischen hatte Geronimo seine Gitarre aufgehängt.

»Kaffee?«, fragte er.

Neben dem Spülstein, der mit Geschirr angefüllt war, stand ein riesiger Kühlschrank. Geronimo setzte Wasser auf die elektrische Kochplatte, spülte Tassen, stellte Zucker auf den Tisch und legte eine Tube Kondensmilch dazu. In dem Regal, das mit Büchern angefüllt war, stand auch ein Plattenspieler. Pfeifend legte Geronimo eine Platte von Bob Dylan auf.

»Der alte Tim ist vorbeigekommen«, sagte Angela. »Du scheinst ja wieder was am Hals zu haben!«

»So, hat er es dir ausgerichtet?«, sagte Geronimo und überwachte das Kaffeewasser. Sorgfältig maß er den Kaffee ab und brachte die gefüllten Tassen. »Weiß nicht, ob es noch Cookies in dieser Bude gibt . . .« Er durchwühlte das Buffet. »Oh, Schokolade! Die magst du, Angela . . .« Er faltete das Silberpapier auseinander, schnüffelte: »Ein bisschen weich, macht das was?«

Er stieg über den nächsten Hocker und setzte sich, die Ellbogen auf den Tisch gestützt. Er trug Jeans und ein gestreiftes Hemd. Seine dichten glatten Haare fielen bis auf die Schultern. Er hatte eine Stupsnase, sehr schwarze Augen und goldbraune Haut. Nicht die geringste Ähnlichkeit mit Sitting Bull. Seine schlagfertigen Antworten hatten ihm schon manches eingebrockt, in der Schule und anderswo. Er war sehr begabt. In zwei Jahren sollte er auf die Hochschule von Dallas. Er hatte eine sehr schöne Stimme und spielte toll Gitarre. Je nach Stimmung trug er die herausforderndsten Protestsongs vor oder rührte, nach elf Uhr abends, mit seinen sentimentalen Liedern die Herzen.

»Nun«, sagte Karen, »was ist los?«

»Diese Schweine«, entfuhr es Geronimo, »diese gemeine Bande, diese Ekel! Krepieren sollen sie!«

»Wer denn?«, fragten die Mädchen gleichzeitig.

»Die Jacksons und ihre Bande!«

»Ach die . . .!«, sagte Karen. Angela sagte nichts. Terry Jackson, sein Bruder Dan und zwei oder drei andere kleine Wichtigtuer in ihrem Schatten waren die Angeber von Silver City. Söhne aus guter Familie, die sich am Samstagabend ein wenig zerstreuten. Groß, blond und bleichgesichtig, den Nacken säuberlich rasiert, vollgestopft mit Steaks, Icecream und Popcorn. Texanerhut, Krawatte sonntagsmorgens und Cowboystiefel für den Rest der Woche.

»Und seit wann verkehrst du mit so was?«, fragte Karen spöttisch.

»Gestern Nachmittag streifte ich mit Powder in der Gegend von Mesa Verde herum, als ich Terry, Dan und einen anderen Typ in einem Landrover entdeckte. Ich verfolgte sie. Es war kein Kunststück, sie fuhren in der Ebene. Ich brauchte nur den Hügelkamm entlangzureiten; ihr wisst, dass Powder ein guter Kletterer ist. Plötzlich sah ich eine Herde wilder Mustangs, die zur Tränke im Kiowa-Creek gingen. Im Sommer, wenn der Wasserspiegel sinkt, kommen sie der Siedlung ziemlich nahe, um Wasser und frische Grashalme zu finden. Die Jacksons ließen ihren Landrover vorsichtshalber in einiger Entfernung zurück und näherten sich den Mustangs, indem sie von Felsen zu Felsen krochen. Ich sah, dass sie Gewehre hatten.

»Gewehre?«

»Ehrenwort! Es war kein Augenblick zu verlieren. Ich hetzte Powder im Galopp über den Abhang der Mesa Verde und stieß, so laut ich konnte, das Kriegsgeschrei meines Urgroßvaters aus! Die Mustangs sprengten erschreckt auseinander. Ich stürmte hinterher, brüllte mich heiser und trieb sie den Schluchten entgegen, dahin, wo der Landrover ihnen nicht folgen konnte. Dann ritt ich zurück, um die Jacksons daran zu erinnern, dass sie sich auf dem Territorium des Reservats befänden und sofort zu verschwinden hätten.«

»Das hörten die Jacksons bestimmt nicht gerne«, antwortete Karen und Angela fügte hinzu: »Du riskierst, gehörig eins aufs Maul zu kriegen.« In Gedanken versunken, gab sie Zucker in den Kaffee und rührte um.

»Bah!« Geronimo Colorado zuckte grinsend die Schultern: »Wenn ihr die Gesichter gesehen hättet! Grün vor Wut waren sie!«

»Das muss im Vergleich zu dir einen schönen Kontrast gebildet haben!« Karen runzelte die Brauen. »Warum wollen sie die Mustangs eigentlich abknallen?«

»Nicht mal ahnen kannst du das . . .!« Geronimo war das Lachen vergangen. Seine Augen verengten sich zu schmalen Spalten. »Um Katzen- und Hundefutter aus ihnen zu machen . . .! Es soll in Texas kein Gesetz geben, das die Wildpferde schützt. Die Corned-Beef-Fabrik von Silver City hat mit den Jacksons einen Vertrag abgeschlossen: 100 Dollar für jedes Tier. Schönes Geld, nicht wahr?«

»Haben dir das die Jacksons erzählt?«

»Genau, unter Flüchen und Drohungen, mit dem Gewehr im Anschlag! Sie haben mich gewarnt: Komme ich ihnen noch einmal in den Weg, legen sie mich um.« Er drückte energisch auf die Tube Kondensmilch. »Dieses Mal konnte ich die Herde vertreiben, aber sie kommt zurück: Der Kiowa-Creek ist die einzige Stelle in der Gegend, an der es noch Wasser gibt.

Die Jacksons werden warten, ihnen auflauern und sie abschießen.«
Angela leckte die Schokolade von den verklebten Fingern.
»Wir müssen Larry verständigen«, sagte sie.
»Warum Larry?«
»Köpfchen! Lasst euer Hirn arbeiten, wenn ihr eins habt! Ist sein Vater nicht Bürgermeister von Silver City?«
Bewundernd pfiff Geronimo durch die Zähne: »Keine schlechte Idee, schwarze Schönheit! Nur ein hohes Tier kann hier was erreichen.«
»Also . . . worauf warten wir noch?«
Geronimo Colorado rückte den Schemel krachend zurück: »Nur Powder satteln und ich bin fertig!«
Einen Augenblick später verließen die drei das Reservat. Die Mädchen bestiegen das Motorrad, während der junge Indianer in einiger Entfernung galoppierte, um so wenig Staub wie möglich zu schlucken. Angela ließ die Yamaha langsam rollen, im ersten Gang, einem Tempo, dem Powder ohne Anstrengung folgen konnte.
Je höher die Sonne stieg, umso unerträglicher wurde das grelle Licht. Geblendet zwinkerte Karen mit den Augen. Sie dachte an Larrys Pool mit dem klaren Wasser, das sich auf den türkisblauen Kacheln spiegelte. Zu dumm, sie hatte den Badeanzug vergessen!
In der Nähe von Silver City schlug Geronimo die gewohnte Abkürzung zur Stadt ein, durch die verdorrte, geröllgemischte Ebene, die mit kleinen Kakteen, grau und stachelig wie Igel, bewachsen war. Das Mo-

torrad surrte gleichförmig über den Asphalt. Am Ende des Highways trafen sie wieder zusammen. Angela verringerte die Geschwindigkeit und legte einen kleineren Gang für den Verkehr im Stadtzentrum ein. Sie bogen in die Hauptstraße ein, mit ihren Läden, Supermärkten und Cafés, schlängelten sich zwischen Autos, Lieferwagen und Hausfrauen mit Lockenwicklern durch, die vollgepackt waren mit den Einkäufen für das Wochenende. Im Verkehrsstrom umkreisten Pferd und Motorrad den großen Platz, überquerten die Eisenbahnschienen und bogen schräg in das Villenviertel ein. Das Geräusch der aufschlagenden Hufe und das gedämpfte Knattern des Motors brachen in die Stille ein. Der Asphalt war sauber und glatt. In den geschmackvoll angelegten, gepflegten Gärten drehten sich Rasensprenger. Die Villen lagen hinter weiß gestrichenen Zäunen, Bougainvillea- oder Oleanderhecken und dichten Bäumen verborgen.

Eine dichte Hecke umgab Larry Colmans Haus. Von der Straße aus sah man nur das herabhängende Dach und die vier Giebelfenster. Das hohe schmiedeeiserne Tor war geschlossen. Während Angela den Stützfuß ihrer Yamaha senkte und den Motor abstellte, sprang Karen vom Sitz und drückte die Klingel. Ein leichtes Knarren. Das Tor öffnete sich.

Larry kam ihnen im hellblauen Frottee-Bademantel barfuß über den Rasen entgegen. Die rund geschnittenen Haare umrahmten ein freundliches Gesicht. Seine sanften kurzsichtigen Augen blinzelten hinter einer kleinen runden Brille. »Hallo!«, sagte er gähnend. »Ihr kommt gerade richtig zum Frühstück!«

Ein Tisch war auf der Veranda gedeckt: silberne Kaffeekanne, Orangensaft, Toast, Konfitüre, Eier mit Speck und Bananen.
»Du spinnst wohl«, sagte Karen und tippte sich an die Stirn. »Es ist gleich Mittag.«
»Na und . . . wir haben ja schließlich Ferien!«, antwortete Larry.
Sein Pferd am Zaum führend, kam Geronimo den mit Steinplatten ausgelegten Weg herauf, der sich durch den dichten Rasen zog. »Wartet, ich komme gleich, ich bringe Powder nur schnell in den Schatten und will ihn tränken!«
»Keine Sorge«, sagte Larry. »Ramon wird sich um ihn kümmern.«
Er rief dem mexikanischen Gärtner, der aus dem Schuppen kam, in dem die Werkzeuge untergestellt wurden, einige Worte auf Spanisch zu. Lachend nahm Ramon die Zügel aus den Händen des jungen Indianers und verschwand mit Powder hinter dem Haus.
Larry gähnte abermals. »Also gut, ich futtere! Macht ihr mit oder nicht?«
»Wenn wir jetzt loslegen, ist das unser Mittagessen! Mach dich darauf gefasst, wir sind gefräßig«, verkündete Geronimo und rieb sich den Magen.
»Hast du vielleicht Schokolade?«, fragte Angela.
Lachend verschwand Larry im Haus. Einen Augenblick später brachte Julie, die Haushälterin, einen Stapel Teller, Messer und Gabeln.
Julie war schwarz, dick und würdig. Mit ihrem schweren und dennoch geschmeidigen Gang glich sie – fand Karen – einem freundlichen Elefanten. Sie entblößte ei-

ne Reihe Goldzähne und fragte: »Wer möchte Pfannkuchen mit Ahornsirup?«
Alle setzten sich an den Tisch. Larry begann, Orangensaft einzugießen. Verdutzt schaute er von einem zum andern.
»Was ist eigentlich los? Ihr macht Gesichter . . .!«
»Wir müssen deinen Vater sprechen«, sagte Karen.
Larry, mit der Karaffe in der Hand, sah sie bestürzt an.
»Unmöglich! Meine Eltern sind unterwegs nach Wichita in Kansas. Noch keine Stunde sind sie fort!«
Karen schaute Geronimo an, der zu Angela blickte, die seufzte. »Wann sind sie zurück?«
»Nicht vor einer Woche. Sie wollen an einem Kongress teilnehmen und dann ein paar Tage Ferien machen. Warum? Ist es dringend?«
Karen fluchte. Geronimo und Angela schwiegen finster.
Larry hatte es satt und stellte die Karaffe geräuschvoll auf den Tisch. »Wollt ihr mir endlich sagen, was los ist?«
Sie erzählten. Larry war ein friedlicher, besonnener Mensch. Faul nannten das seine Eltern. Bei dieser Geschichte aber verdrängte ehrliche Entrüstung seine ruhige Gelassenheit.
»Die Jacksons natürlich! Diese Schweine! Ich glaube bestimmt, Daddy könnte diese Gemeinheit verhindern. Er verfügt über wirksame Mittel: die öffentliche Meinung wachrufen – Druck auf die Direktion der Corned-Beef-Fabrik ausüben . . .«
»Können wir ihn denn nicht telefonisch erreichen?«, fragte Geronimo.
Larry schüttelte den Kopf. »Leider nicht! Mein Vater

nimmt sein Handy gar nicht erst mit, wenn er privat unterwegs ist. Dann will er seine Ruhe haben. Das Schlimmste ist, dass der Name des Hotels erst an Ort und Stelle bekannt gegeben wird. Gewiss, meine Mum hat mir versprochen anzurufen, aber ich weiß nicht, wann. Es kann heute Abend sein, morgen oder erst in zwei Tagen. Eins ist sicher, Daddy kann nichts unternehmen, ohne hier zu sein.«

Das war einleuchtend. Sie schwiegen, niedergeschlagen in dem Gefühl ihrer Machtlosigkeit.

»Da sind die Pfannkuchen«, verkündete Julie strahlend, »warm und gut gesüßt!« Triumphierend stellte sie die große Silberplatte, angefüllt mit einer eindrucksvollen Menge Pfannkuchen, auf den Tisch.

Niemand rührte sich. Julie traute ihren Augen nicht. Sie stemmte die Arme in die Seiten: »Wagt nur nicht, mir zu sagen, ihr habt jetzt keinen Hunger mehr!«

»Julie«, sagte Larry sehr gewichtig, »haben Sie Pferde gern?«

»Aber natürlich!«

»Und wenn man Hundefutter aus Pferden macht, was würden Sie dann sagen?«

»Hundefutter aus ... Oh, Herrgott!« Julies schwarzes Gesicht schwabbelte vor Empörung, während Larry kurz berichtete. Julie war außer sich. »Da kann nur dein Vater eingreifen. Ein Jammer, dass er ausgerechnet heute fortmusste ...«

Sie starrten betrübt auf die Pfannkuchen, von denen Butter und Sirup herabtropften.

»Esst, solange sie warm sind«, ermunterte Julie die vier. »Vielleicht findet ihr doch noch eine Lösung ...«

»Bei den Pfannkuchen?«, fragte Geronimo mit zweifelnder Stimme und füllte seinen Teller.
Sie aßen schweigsam und ohne großen Appetit.
Dann sagte Angela in Gedanken verloren: »Larry, gibt es denn kein Gesetz, das die Mustangs vor der Ausrottung schützt?«
Larry verschlang einen riesigen Bissen und setzte seine Gelehrtenmiene auf, die ihm meistens von den anderen einen Schwall bissiger Bemerkungen eintrug. »Es gibt eins! Papa hat mir das mal erklärt. In fast allen Staaten wird über diejenigen, die Wildpferde töten, eine sehr hohe Geldstrafe verhängt. Nur Texas ist eine Ausnahme. Es gab eine Zeit, in der es zu viele Mustangs hatte und zu wenig von allem anderen. Wenn Wildpferde die Ernte verwüsteten, nahmen sich die Farmen das Recht, sie abzuschießen. Die Zeiten haben sich geändert, das Verfahren jedoch ist geblieben . . .!«
»Angenommen«, sagte Angela mit ihrer ruhigen, tiefen Stimme, »eine Herde Mustangs aus Texas würde die Grenze des Staates New Mexico überschreiten . . .«
»In dem Augenblick, wo sie den Boden Mexicos betreten, schützt sie das Gesetz dieses Staates«, versicherte Larry.
»Wie viele Kilometer sind es bis zur Grenze?«
»Ungefähr zwanzig, quer durch die Wüste«, antwortete Geronimo Colorado und vergaß die gehäufte Gabel in den Mund zu führen. »Willst du damit sagen . . .?«
Angela senkte die dichten Wimpern. »Du scheinst schwer von Begriff zu sein, Häuptlingssohn!«, bemerkte sie trocken.

Über den Tisch hinweg wechselten Karen und Larry einen Blick.
»Hör zu, Black Power«, mischte Larry sich ein. »Wir sind wahrscheinlich auch schwer von Begriff, aber wir möchten doch endlich wissen . . .«
Geronimo war aufgesprungen und ging vor lauter Erregung auf der Veranda hin und her. »Wir sind eine traurige Null«, sagte er, »und Angela ist ein Genie! Klar, das ist die Lösung: Die Mustangs müssen durch die Wüste über die Grenze nach New Mexico getrieben werden!«
»Großartig!« Larry war Feuer und Flamme. »Ich wette, Daddy wäre einverstanden!« Entrüstet hob er die Hand und zeigte mit dem Finger auf Angela: »Warum kommen bloß immer dir die guten Ideen und nie mir?«
»Weil du keine Schokolade isst«, antwortete Angela ungerührt. Sie nahm ein Stück aus der Dose, die ihr Julie vor die Nase gesetzt hatte, und kaute verträumt. Schokolade, behauptete sie, helfe ihr immer beim Nachdenken.
»Da fällt mir ein«, ließ Karen sich hören, »Onkel Phil, Mamas Bruder, ist Grenzwächter in San Pascual, einem kleinen Nest nicht weit von El Paso. Der ist in Ordnung. Er wird sicher bereit sein, uns zu helfen . . .«
»Ich kenne alle Pisten in der Wüste«, warf Geronimo ein. »Die Yamaha kommt da gut durch. Es genügt, die südwestliche Richtung einzuhalten.«
Angela neigte den Kopf. »Also gut! Ich nehme an, die Mustangs werden eine Heidenangst vor der Maschine haben. Da braucht man nur ein wenig zu knattern und auf die Herde loszustarten.«

»He, wartet mal!«, meldete sich Larry. »Ich habe kein Pferd, kein Motorrad, nur ein erbärmliches Fahrrad, das bei der ersten Kurve zusammenkracht. Ihr glaubt doch wohl nicht, dass ich im Marathonlauf hinter euch herrenne?«
Geronimo legte lachend die Hand auf seine Schulter. »Keine Aufregung, Alter! Powder ist kräftig. Wir reiten zu zweit.«
Er lehnte sich über das Geländer. Mit zusammengekniffenen Augen beobachtete er die unbeweglichen Bäume in der glühenden Hitze. »Die Jacksons werden am Kiowa-Creek zelten. Sobald die Sonne sinkt, kommen die Pferde zur Tränke zurück und laufen geradewegs in die Falle. Das müssen wir verhindern!«

Samstagnachmittag

Im verdunkelten Wohnzimmer saß Großmutter im Schaukelstuhl und fächelte sich mit einer zusammengefalteten Zeitung ein wenig Kühlung zu. Nur das Summen einer Wespe, das Ticken der Pendeluhr und das leichte Knarren des Schaukelstuhls auf dem gebohnerten Fußboden waren in der Stille zu vernehmen.
Karen schloss geräuschlos die Tür. Sie näherte sich mit leisen Schritten, aber Großmutter hatte sie gehört. Die Lider über den blauen Vergissmeinnichtaugen öffneten sich.
»Habe ich dich geweckt?«, flüsterte Karen.

»Du weißt, dass ich nachmittags nie schlafe«, seufzte Großmutter. »Ich ruhe mich aus, weiter nichts.« – Sie wollte aufstehen. »Deine Eltern sind bei den Jones. Ich habe dir dein Essen aufgehoben. Die Bohnen müssen gewärmt werden.«
»Bleib nur sitzen!«, sagte Karen. »Ich habe schon gegessen. Ich möchte dir etwas sagen: Du musst mir helfen. Ich . . . ich werde heute Abend nicht nach Hause kommen.«
»Was soll ich deinen Eltern denn sagen?«, fragte Großmutter nicht weiter überrascht.
»Ich weiß es nicht!«, gestand Karen. »Finde einen Grund, irgendetwas, aber um Himmels willen sprich nicht von Angela. Du weißt, sie können sie nicht ausstehen . . .«
»Und wo wirst du schlafen?«
»Wahrscheinlich ist überhaupt nicht an Schlaf zu denken!«, antwortete Karen. »Wir gehen in die Wüste und . . .«
»Hör mal zu«, sagte Großmutter ruhig. »Willst du mir nicht alles von Anfang an erzählen?«
Während Karen sprach, fächelte sich Großmutter mit ihrer Zeitung Kühlung zu und betrachtete sie schweigend mit ihren klaren Augen. »Euer Entschluss ist sehr großherzig und mutig«, sagte sie schließlich. »Jedoch seid vorsichtig, die Jacksons sind impulsiv und skrupellos.«
»Ich habe noch einen Wunsch«, sagte Karen. »Bitte telefoniere mit Onkel Phil in San Pascual. Sage ihm, dass wir morgen im Laufe des Tages mit den Mustangs die Grenze überschreiten werden.«

»Sei unbesorgt«, sagte Großmutter. »Ich werde mich darum kümmern.« Sie stützte sich auf den Tisch und zog sich mühsam hoch; wenn sie lange saß, wurden ihre Gelenke steif. Sie ging ins Vorzimmer, öffnete den Schrank, in dem Karens Vater seine Sachen aufbewahrte, und kramte einen Augenblick darin herum. Sie brachte eine Feldflasche zum Vorschein, so wie sie das Militär benutzt, und hielt sie Karen hin.

»Spüle sie mehrmals gut aus, fülle sie mit Leitungswasser und gib etwas Eis hinzu.«

Karen gehorchte lächelnd. Wieder einmal war Großmutter ihre Verbündete!

Die alte Frau, die in ihr Zimmer gegangen war, kam mit einer Leinentasche und einer Dose zurück, die Verbandszeug, Heftpflaster und ein Desinfektionsmittel enthielt. »Ich wette, niemand von euch hat an diese praktischen Dinge gedacht«, brummte sie. »Was würdet ihr machen, wenn einer sich Schrammen holt?«

»Danke, Großmutter«, sagte Karen gerührt.

»Warte noch!« Großmutter holte einen kleinen Schlüssel aus ihrer Schürzentasche, öffnete eine Schublade, ergriff ein zerschlissenes Portemonnaie und nahm einen zerknitterten Fünfdollarschein heraus. »Nimm das auch. Selbst in der Wüste kann man das nötig haben. Und vergiss nicht ein warmes Kleidungsstück. Die Nächte in der Wüste sind eisig!«

Karen öffnete behutsam die Tür und schlich in ihr Zimmer. Ihre Schwester Barbie, die als Kassiererin in einem Supermarkt arbeitete, schlief am Samstagnachmittag, damit sie abends gut in Form war und bis spät in die Nacht hineintanzen konnte. Auf dem Kopfkissen war nur ein blonder Kopf mit Lockenwicklern zu sehen, einem stacheligen Igel ähnlich. Karen nahm ihren Anorak. Ihr Fuß verfing sich in dem Bettvorleger. Sie stieß heftig gegen die Kommode.

»Au . . .!«

Barbie öffnete schlaftrunken die Augen und murmelte gereizt: »Musst du unbedingt Krach machen . . .?« Sie zog das Betttuch über den Kopf und drehte sich zur Wand. Karen ging wieder hinaus.

Großmutter erwartete sie im Wohnzimmer. Sie hatte eine Tasche mit Brot und Bananen gefüllt und hielt ein großes Glas Milch in der Hand. »Trink das, bevor du gehst. Und pass gut auf dich auf . . .«

Karen ging durch die glühende Sonne. Sie hatte die Leinentasche und die Feldflasche über die Schulter gehängt. Den Anorak trug sie um die Hüften geschlungen, um die Hände frei zu haben. Als sie bei Angela ankam, erwartete sie ihre Freundin bereits. Sie beugte sich über ihre Maschine und fummelte an etwas herum. Sie hatte Stiefel angezogen. Ihr Sturzhelm mit dem gelben Visier war am Gepäckhalter befestigt. Sie hielt Karen einen anderen hin, der eine ziemlich unmoderne Form hatte.

Karen verzog das Gesicht: »Ich will keinen Sturzhelm aufsetzen, er macht mich verrückt!«

»Mich auch«, antwortete Angela, »aber er könnte nützlich sein. Habe schon aufgetankt. Gehen wir? Geronimo und Larry müssen längst im Reservat sein.«

»Was haben die Eltern gesagt?«, fragte Karen beiläufig, während sie das Motorrad bestiegen.

Einen Fuß noch am Boden, drehte Angela den Kopf und sah sie über die Schulter hinweg an. »Sie sagen nie etwas Besonderes! Und bei dir?«
»Großmutter hat mir geraten, vorsichtig zu sein, das ist alles«, erwiderte Karen in gespielt gleichgültigem Ton. Sie wusste genau, dass Großmutter sich Sorgen machte und wahrscheinlich in der kommenden Nacht kein Auge schließen würde. Dennoch hatte Großmutter, ohne auch nur einen Augenblick zu zögern, eingewilligt und sie mit Essen und Geld versehen. Warum nur, dachte Karen versonnen. Gewisse ähnliche Ereignisse gingen ihr durch den Sinn und sie erkannte: Großmutter hatte es nie an Gelegenheiten fehlen lassen, sie vor die eigene Verantwortung zu stellen . . .
Angela betätigte die Kupplung und setzte das Motorrad in Gang. Als sie das Ende der Straße erreichten und um die Ecke bogen, gab sie Gas. Dieses Mal trieb der übliche Lärm niemanden an die Fenster; die Leute schliefen in der Mittagshitze. Sie flitzten im dritten Gang über die Autobahn. Karen fühlte das Beben des Motors durch ihren ganzen Körper. Den Kopf geneigt, betrachtete sie ihre dunklen schrägen Schatten auf dem glänzenden Asphalt, einem fliegenden Vogel gleich.
Zwischen den Leitungsmasten und den baufälligen Sandsteinhütten vibrierte die weiß glühende Hitze. Die Siedlung schien wie ausgestorben. Allein die älteren Leute, in ihre Decken gehüllt, den Rücken an die Wand gelehnt, hockten unverändert seit dem frühen Morgen am Boden. Mit der Sonne bewegten sie sich um das Haus herum, im Winter die Wärme suchend, im Sommer den kühlen Schatten.

Powder stand mit gesenktem Kopf unter dem Schilfdach. Eine Decke, ein Beutel mit Proviant und ein mexikanischer Umhang, in Violett und Ockergelb, waren am Sattel festgeschnallt.
Als das Motorrad vor dem Haus hielt, trat Geronimos Mutter aus der Tür. Sie war eine kleine, magere Frau mit zarten Gelenken und glatter, kupferbrauner Haut. Auf der Stirn formte der Haaransatz eine kleine Spitze, die dem Gesicht eine herzförmige Linie gab. Der dichte geschlungene Knoten wurde von einem Netz gehalten. Das dunkelblaue Kleid war unmodern und viel zu lang, aber an ihr wirkte es originell und sogar hübsch.
»Kommt herein«, sagte sie freundlich. »Geronimo und Larry haben mich schon unterrichtet. Es ist alles bereit.« In ihrer klaren, weichen Stimme lag ein Ausdruck von ruhiger Autorität. Sie ging ihnen voran ins Haus. Im Halbdunkel durchstöberte Geronimo den Schrank, während Larry, der ihn zu Pferd begleitet hatte, sich auf dem Sofa rekelte und faul eine schlaffe Hand hob. »Hallo, Mädels! Wir dachten schon, die Jerry-Lewis-Fernsehshow hätte euch verschluckt!«
»Idiot«, erwiderte Karen. Sie stellte ihre Tasche auf den Boden. »Und du, was machst du auf dem Sofa?«
»Siesta!«, antwortete Larry behaglich grinsend. Anstelle des Frottee-Bademantels trug er Jeans und ein schwarzes T-Shirt, auf dem Tarzan zu sehen war, der einem Löwen den Hals umdrehte.
»Da ist er . . . ich habe ihn!«, verkündete Geronimo und schloss die Schranktür. Er richtete sich auf und hielt ergriffen einen Dolch in seinen Händen, der in ei-

nem geschwärzten Lederfutteral steckte, das mit Fransen und verblichener Stickerei verziert war.

»Was ist denn das . . .?«, fragte Karen.

»Der Dolch meines Urgroßvaters Satanta!« Er nahm den Dolch aus dem Futteral und prüfte die Klinge mit dem Daumen. Das Metall glänzte im Halbdunkel mit bläulichem Schimmer.

»Glaubst du, dass dein Großvater mit diesem Dolch seine Feinde getötet hat?«, fragte Karen beeindruckt.

»Ja, wahrscheinlich . . .« Geronimo grinste. »Ich will deine kriegerischen Vorstellungen nicht enttäuschen, aber ich persönlich bin unfähig, einer Fliege wehzutun. Der Dolch soll mir ein Talisman sein, falls die Situation kritisch wird. Daneben ist er sehr nützlich, um Holz zu schneiden. Kann ich ihn mitnehmen, Mama?«

»Er hat schon immer dir gehört«, antwortete die Indianerin mit ihrer sanften Stimme.

Geronimo hakte seinen Gürtel auf, hängte den Dolch daran und schloss die Schnalle wieder.

»Mensch!« Larry pfiff vor Bewunderung. »Dir fehlt nur noch der Federschmuck!«

»Rede mir nicht davon!«, gab Geronimo zurück. »Wenn du wüsstest, wie der rutscht und kratzt! Mir ist schleierhaft, wie meine Vorfahren es fertigbrachten, in dieser Aufmachung in den Krieg zu ziehen . . .«

»Ich habe meinem Sohn erklärt, dass es besser ist, die Ebene zu meiden und den Weg durch die Schlucht nach Mesa Verde zu nehmen«, sagte Geronimos Mutter. »Die Jacksons haben östlich vom Kiowa-Creek ihr Zelt errichtet, um auf die Pferde zu warten. Einer unserer Leute hat sie heute Morgen gesehen.«

»Werde ich da mit dem Motorrad durchkommen?«, fragte Angela.
»Der Abstieg ist etwas steil, aber es gibt eine Piste«, sagte Geronimo. »Ich werde euch führen.« Er öffnete eine Flasche Mineralwasser und schwenkte sie herausfordernd über Larrys Kopf. »Wenn dieser Faulpelz seine Siesta beendet hätte, könnten wir gehen . . .«
»Bin ja schon da!«, rief Larry und sprang auf, dass die Spiralen krachten.
Sie traten geblendet in das grelle Sonnenlicht. In der Siedlung herrschte reges Leben: Ob der Lärm der Yamaha die Leute geweckt hatte, fragte sich Karen. Es war Samstag, die Männer waren aus Silver City zurückgekommen. Die meisten trieben sich an der Bar und dem Drugstore herum, der seine Jalousien geöffnet hatte. Die schwarzen Augen der Indianer blickten ausdruckslos ins Leere. Sie machten den Eindruck, als ob sie ihr Aufbrechen gar nicht bemerkten, aber Karen hatte das Gefühl, dass das ganze Reservat über ihr Vorhaben unterrichtet war.
Wie immer stand eine Horde zerzauster Kinder um das Motorrad herum. Eines von ihnen fragte Angela schüchtern:
»Wie viel macht es?«
»Hundertachtzig auf dem Highway«, antwortete die Schwarze mit ihrem ruhigen, strahlenden Lächeln. Ein erstauntes Flüstern ging durch die Reihe der Kinder. Einer der größeren Jungen hielt einen Kleinen, der sich der Maschine nähern wollte, am Hemdzipfel zurück.

Inzwischen hatte Geronimo Powder losgemacht. Er stieg in den Sattel und half Larry, sich hinter ihn zu setzen. Angela, die Hand am Gashebel, gab Geronimo ein Zeichen, voranzureiten.
Geronimos Mutter sah ihnen nach. Sie sagte nicht »Seid vorsichtig« oder so etwas Ähnliches; vielleicht hatte sie es schon vorher gesagt. Ihr Gesicht war unbeweglich. Als Angela knatternd die Maschine anließ, hob sie ohne ein Lächeln die Hand zum Abschied. Der Staub verfärbte ihre abgetragenen Schuhe. Ihre braunen Knöchel schienen wie mit Zimt überpudert. Sie nahmen den Weg durch das Dorf, über die abgenutzte Hauptstraße mit ihren Schlaglöchern und tiefen Wagenspuren. Im Winter verwandelte sich dieser Weg in ein schlammiges Flussbett, das kein Fahrzeug durchqueren konnte. Die Indianer, denen sie begegneten, traten wortlos zur Seite, aber ihr Schweigen war eindrücklicher als lautes Zurufen.

Samstagabend

Der Nachmittag ging zu Ende, aber immer noch glühte die Hitze. Kein Laut war in der Einsamkeit zu hören. Der staubige Dunst hatte sich gelegt und der Himmel glänzte türkisblau. Während Geronimo auf Abkürzungen den Hügel entlangritt, fuhr Angela auf der sich undeutlich schlängelnden Linie, der Piste. Die Yamaha ertrug die Stöße gut. Nur manchmal ließ ein stärkeres Schaukeln die Maschine erzittern. Vor ihnen richtete sich ein Felsen mit flacher Kuppe auf, dessen Hänge vollkommen steil abfielen: die Mesa Verde. Sie brauchten ungefähr eine halbe Stunde, um die Schlucht zu erreichen, in der im Winter ein kleiner Nebenfluss des Kiowa-Creek strömte. Während der Sommermonate trocknete das Flussbett aus und hinterließ weiche weiße Sandbänke.

»Pass auf, dass du nicht stecken bleibst!«, rief Geronimo Angela zu. »Folge mir . . .!«

»O. K.!« Sie steuerte mit größter Vorsicht ihre Maschine um die gleißenden Sanddünen. Scharfe, spitze Steine ragten überall aus dem Boden hervor. Ob die Reifen diese Strapazen ertragen werden, dachte Karen besorgt. Die schräg stehende Sonne war stechend und die Erde heiß wie ein Backofen. Es wuchs fast nichts in der Schlucht: nur einige Kakteen und verkümmerte Sträucher, von Heuschrecken kahl gefressen. Angela fuhr sehr langsam, im ersten Gang. Ab und zu ließ sie einen Fuß über den Boden gleiten, um das Gleichgewicht zu halten. Plötzlich gab Geronimo ihr ein Zeichen, zu stoppen. Sie befanden sich unterhalb eines riesigen Erdrutsches; Steinblöcke und Geröll häuften sich bis zur Felshöhe.

»Die Quelle des Kiowa-Creek ist gleich dahinter«, sagte Geronimo. »Ich will hinaufklettern und einen Blick auf die andere Seite werfen. Ich bin sofort wieder zurück.« Er reichte Larry die Zügel, schwang ein Bein über den Sattel und sprang auf den Boden.

Sie sahen ihn mit Leichtigkeit von einem Felsblock zum andern klettern. Der Abhang war weniger steil, als er von unten aussah. Nach wenigen Minuten er-

reichte Geronimo die flache Höhe des Tafelberges. Beim Zurückblicken sah er das Motorrad wie ein großes, schwarz schillerndes Insekt im Sonnenlicht stehen. Geduckt lief Geronimo über die glatte Fläche, um die gegenüberliegende Seite zu erreichen. Er vernahm ein leichtes Plätschern: Die Quelle des Kiowa-Creek entsprang in halber Höhe der Felswand und fiel in ein natürliches Becken am Fuß des Tafelberges. So weit das Auge reichte, dehnte sich die ockerfarbene Wüste aus, an der sich am Horizont der Highway nach Silver City wie ein bläuliches Band hinzog.
Plötzlich verengten sich die Lider des jungen Indianers zu schmalen Schlitzen. Er hatte das weiße Dreieck des Zeltes an den Geröllausläufern entdeckt. Der Landrover stand im Schatten eines Felsens. Die Haube war geöffnet; ein Mann beugte sich über den Motor. Ein anderer saß am Boden und durchsuchte eine Tasche. Wo nur, zum Teufel, ist der dritte, dachte Geronimo. Er wird sich im Zelt aufhalten oder gerade dabei sein, die Gegend zu durchforschen!
Der junge Indianer presste die Lippen aufeinander. Er zog sich vorsichtig auf allen vieren zurück. Als er sicher war, dass ihn niemand mehr sehen konnte, richtete er sich auf und lief Hals über Kopf davon. Die drei, die ihn am entgegengesetzten Hang erwarteten, sahen ihn in einer Staubwolke den Erdrutsch herunterkommen.
»Mama hat recht!«, rief er atemlos. »Das Zelt steht auf der anderen Seite des Kiowa-Creek! Ein Mann fehlte. Er wird damit beschäftigt sein, die Pferde ausfindig zu machen . . .!«

Angela hob den Kopf und schnupperte wie ein Jagdhund. »Es wird kühler. Die Mustangs werden bald kommen. Wir müssen uns beeilen . . .!«
Die Mädchen bestiegen das Motorrad, während sich Geronimo auf sein Pferd schwang. Das Knattern des Motors hallte laut in der Schlucht wider, aber auf der anderen Seite der Felswand, dort, wo das Zelt stand, würde man den Lärm zum Glück nicht hören können.
Über einen steilen, geröllbedeckten Abhang tauchten sie aus der Schlucht wieder auf.
Geronimo hielt plötzlich sein Pferd an: »Da . . . schaut!«
Larry kniff seine kurzsichtigen Augen zusammen. Undeutlich sah er in der Ferne eine gelbe Wolke sich ausbreiten.
»Was ist denn das . . .? Feuer?«
»Doch kein Feuer, du Dummkopf! Die Mustangs!«
Angela hatte die Maschine angehalten. Die Wolke dehnte sich immer weiter aus. Staubwirbel tanzten in der schräg stehenden Sonne. Eine undeutliche, bewegte Masse war zu erkennen. Schon wurde ein dumpfes Geräusch hörbar, schwer und tief, ähnlich wie der ferne Pulsschlag eines Herzens.
»Wir müssen sie aufhalten«, rief Geronimo.
Angela schnallte den Sturzhelm vom Gepäckträger ab, setzte ihn auf den Kopf und zog das Visier herunter. Die glänzende runde Form gab ihr das Aussehen einer riesigen Hornisse. Karen setzte ebenfalls ihren Helm auf. Angelas Hand umschloss den Gashebel. Sie sagte gelassen: »Halt dich gut fest!«
Sie legte den ersten Gang ein und rollte langsam

durch den Schutt. Als das Gelände flach wurde, erhöhte Angela brutal die Geschwindigkeit. Ein Stoß warf Karens Kopf nach vorn auf den Rücken der Fahrerin. Der Sturzhelm dämpfte den Aufprall. Sofort gewann Karen ihr Gleichgewicht zurück. Sie fühlte das Beben des Motors, als Angela in halsbrecherischer Fahrt im dritten Gang fuhr. Durch das verschmutzte Visier erblickte sie Powder in vollem Galopp. Verglichen mit der Geschwindigkeit der Maschine erschien seine Gangart erstaunlich ungeschickt und langsam!

Die Herde war plötzlich so nahe, dass Karen das Gefühl hatte, in sie hineinzustürzen. Instinktiv zog sie den Kopf ein. Mit fliegenden Mähnen stürmten die Mustangs wie die Meeresbrandung daher. Von der rot-gelben Sonne beleuchtet, schienen ihre von Staub und Schweiß bedeckten Körper wie ein Teil der Wüste selbst, aus Lehm modelliert. An ihrer Spitze galoppierte mit großen, weichen Sätzen ein Hengst in leuchtender Kupferfarbe, der alle an Kraft und Schönheit überragte. Seine wallende Mähne funkelte wie aus Goldfiligran. Die Mustangs waren klein, stämmig und nervös. Dieser Hengst aber hatte den edlen Stolz eines Vollblutpferdes!

Ein Durcheinander, ein Zögern: Die Pferde hatten das Ungeheuer mit dem gelben Kopf, das laut knatternd auf sie zukam, wahrgenommen. Der Leithengst wollte anhalten, aber die große Masse der Mustangs, die ihm folgte, zwang ihn, weiterzugaloppieren. Mit einem gewaltigen Sprung wechselte er die Richtung. In diesem Augenblick sah Karen, dass er nur ein einziges Auge

hatte. An Stelle des anderen breitete sich, einem Tintenklecks ähnlich, eine tiefe schwarze Narbe aus.
In der allgemeinen Verwirrung spaltete sich die Herde, die Pferde teilten sich in zwei Gruppen: Die eine folgte dem Leittier, die andere sprengte ziellos auseinander.
Ebenso schnell wie der einäugige Hengst hatte Angela in einer scharfen Kurve die Maschine gewendet, um ihm den Weg abzuschneiden. Außer Atem umklammerte Karen die Freundin. Sie rang nach Luft. Schweiß lief ihr in dicken Tropfen über Gesicht und Nacken. Geronimo und Larry folgten, so schnell es ging. Karen unterdrückte ein Grinsen. Mochten sie sich auch noch so anstrengen, die Yamaha war doch schneller als ein Reittier!
Das Motorrad umfuhr die beiden fliehenden Gruppen, um sie in einem immer enger werdenden Kreis einzuschließen. Jetzt schienen sich die erschreckten Pferde in alle Richtungen auf einmal zu stürzen. Wieder erblickte Karen den Hengst. Ein gefährlicher rötlicher Funke flackerte in seinem einzigen Auge. Sein Wiehern ertönte voller Kraft und Angriffslust. Angela antwortete, indem sie Vollgas gab. Das Aufheulen durchlief als vielfältiges Echo die riesige Talmulde.
Plötzlich bäumte sich der Hengst zu seiner ganzen Größe auf. Die spitzen Hufe schlugen in die Luft. Dann fiel er so schwer auf die Vorderfüße zurück, dass die Erde bebte, machte eine Kehrtwendung und sprengte geradeaus in die Richtung, aus der er gekommen war. Die Herde folgte ihm im Galopp. Das Motorrad spuckte und knatterte, während die Mus-

tangs mit dröhnenden Hufen davonstürmten. Angela verminderte die Geschwindigkeit, um ihnen einen Vorsprung zu geben. Als die Herde spürte, dass sie nicht mehr verfolgt wurde, sammelte sie sich schließlich im Schatten eines Felsens, auf dem das rosa Sonnenlicht schimmerte.

Angela trat auf die Fußbremse. Das Motorrad hielt an. Das Mädchen streckte die Beine auf den Boden und nahm den Sturzhelm ab. Ihr Gesicht glänzte vor Schweiß. Karen tat es ihr gleich und atmete erleichtert die frische Luft ein. Unwirklich schien nach dem Getöse die plötzliche Stille.

»Puh . . . ich ersticke unter diesem Blechzeug!« Das Visier war staubbedeckt. Karen spuckte auf das Plexiglas und reinigte es.

Die beiden Jungen holten sie ein. Gelber Sand bedeckte ihre Kleidung und verkrustete ihre Gesichter. »Großartig, Angela . . .!«, rief Geronimo.

Larry hustete, spuckte und putzte sich so geräuschvoll die Nase, dass es wie ein Trompetenstoß klang. »Fürchterlicher Dreck . . .! Habt ihr den einäugigen Hengst gesehen? Wahnsinnig eindrucksvoll . . .!«

»Dieser Hengst ist kein Mustang«, sagte Geronimo. »Er ist ein Rennpferd, wahrscheinlich einem Gestüt entlaufen. Wenn ein solches Tier die Freiheit wiederfindet und an der Spitze einer Herde steht, ist es ebenso gefährlich wie ein Wolf.«

Auf den Steigbügeln hochgerichtet, beobachtete der junge Indianer die Mustangs. Die ängstliche Herde bildete vor der Felswand einen dicht gedrängten Haufen. Bisweilen löste sich der Einäugige aus der

Gruppe, tänzelte nervös im Kreis und tauchte dann wieder im Gedränge unter.
»Er riecht Wasser!«, murmelte Geronimo. »Er wird alles daransetzen, seine Herde an den Kiowa-Creek zurückzubringen. Angela . . . du musst mit Vollgas auf diese Dickschädel losgehen und sie endgültig aus der Gegend vertreiben.«
Angela blickte besorgt in Richtung der Mesa Verde: »Wenn der Späher die Tiere entdeckt hat, werden wir bald den Landrover der Jacksons im Rücken haben.«
Larry, der seine Brille geputzt hatte, setzte sie wieder auf die Nase. »Klar . . .! Aber man könnte versuchen, sie aufzuhalten.«
»Aufhalten? Wie meinst du das . . .?«
Larry steckte sein Taschentuch in die Hose und grinste unschuldig. »Das ist für mich doch kein Problem! Die kennen mich: Sie wissen, dass ich der Sohn des Bürgermeisters bin. Ganz blöde könnte ich mit Powder daherkommen: Ich hätte die Mustangs in der Nähe des Highways gesehen, würde ich sagen. Wenn sie auf den Trick hereinfallen, schlage ich vor, sie dort hinzubegleiten. Beißen sie nicht an, schade! Wir hätten wenigstens einige Minuten gewonnen . . .«
»Und ich, welchen Eindruck würde ich machen mit dem Dolch meines Urgroßvaters am Gürtel?«, spöttelte Geronimo. »Glaubst du wirklich, die werden unser Geschwätz schlucken . . .?«
»Du, Rothaut, bleibst selbstverständlich hier bei Angela. Ich nehme Karen mit.« Larry prustete vor Lachen. »Wir spielen das Liebespaar, in romantischer Zweisamkeit!«

»Du gehörst zu den Leuten, die über eine große Portion Einbildungskraft verfügen«, brummte Karen.
Geronimo sah Angela an, die an ihrer Unterlippe nagte und schließlich meinte: »Warum nicht . . .?«
Beide sprangen auf den Boden. Karen bestieg Powder, während sich Geronimo auf den Rücksitz des Motors schwang. Mit gerümpfter Nase betrachtete er Karens Sturzhelm: »Du hast darauf gespuckt!«
»Hab dich nicht so. Nimm deinen Hemdsärmel und putz ihn blank!«, erwiderte Karen ungerührt.
»Wo treffen wir uns?«, fragte Larry.
Geronimo deutete auf einen Felsen in Zuckerhutform, der über dem Horizont zu schweben schien. »Siehst du den Berg dort? Man nennt ihn das Kuhhorn. Wir werden dort übernachten . . . wenn es uns gelingt, die verdammte Herde von hier zu vertreiben!« Er tippte Angela, die ihren Sturzhelm aufsetzte, auf die Schulter: »Fahren wir! Es wird höchste Zeit.«
Eine kleine Drehung am Gasgriff, ein energischer Tritt auf den Starthebel und der Motor sprang an. Abermals stürmten die Pferde aufgeregt durcheinander.
»Kein Vergnügen, dieser Job!«, seufzte Karen. »Die Mustangs sind störrischer als eine Herde Maultiere.«
Larry stimmte ihr zu. Er ließ Powder wenden und trabte in Richtung der Mesa Verde. Anfänglich sträubte sich der Fuchs, sein Gang wurde hart und schwerfällig. Larry straffte die Zügel und führte ihn unbeirrt weiter. Allmählich entspannte und fügte sich Powder.
»Donnerwetter!«, sagte Karen überrascht. »Ich wusste gar nicht, dass du so gut reiten kannst.«

»Man unterschätzt mich immer«, brummte Larry. Ohne Umschweife ging er in die Motorradfahrersprache über: »Halt dich fest, Puppe! Ich schalte in den dritten Gang!«
Seine Knie gruben sich in Powders Flanken, der in gleichmäßigen, gewaltigen Sätzen vorwärtssprengte. Der warme Wind peitschte in Larrys Gesicht, die Brille wurde mit Sand beschlagen. »Verfluchte Kurzsichtigkeit! Hat man schon jemals einen Cowboy mit Brille gesehen?« Das Bild, das sich Larry von sich selbst machte – ein Held natürlich –, war nicht in Einklang mit seinem Aussehen zu bringen; Tarzan auf seinem T-Shirt änderte nichts daran. Nur keine Komplexe, dachte er. Ich werde ihnen schon zeigen, wozu ich fähig bin!
Weißer Schaum glänzte vor Powders Nüstern, als Karen in weiter Ferne eine Staubwolke entdeckte. Ihr spitzer Finger stieß Larry in die Rippen: »Guck mal, da ist der Landrover!«
Larry kniff die Augen zusammen. Er sah natürlich nichts, aber er lenkte sein Pferd in die Richtung, die Karen ihm angab. Endlich erblickte er den Wagen, der wie ein riesiger grauer Skarabäus über die steinige Piste holperte. Als sich der Landrover näherte, erkannten sie Terry Jackson, der das Steuer hielt. Daneben saß sein jüngerer Bruder Dan.
»He!«, rief Terry und steckte den Kopf aus dem offenen Fenster. »Was treibt ihr euch denn hier herum?«
Er war ein junger Mann von etwa neunzehn Jahren, braun gebrannt, mit Bürstenhaarschnitt, die Augen nicht blau, nicht grau, ein wenig vorstehend und

unangenehm starr. Er trug einen breitrandigen Texashut und nagte an einer Kippe.
»Hallo, Mister Jackson!«, rief Larry strahlend. »Wie geht's?«
Terry, der den Wagen angehalten hatte, ließ seine Kippe von einem Mundwinkel in den anderen rutschen. Er schien ziemlich verblüfft, sich mit Mister angeredet zu hören. Im Allgemeinen sind die Jugendlichen von fünfzehn Jahren nicht so höflich. »Du bist der junge Coleman, nicht wahr? Der Sohn des Bürgermeisters?«
»Der bin ich, Mister. Ich heiße Larry und das ist Karen. Wir streifen ein bisschen durch die Gegend. Ferien, wissen Sie . . .«
Terry kniff vielsagend ein Auge zu: »So, so! Ihr streift durch die Gegend . . .« Er gab sich Mühe, freundlich auszusehen, aber es gelang ihm nur zur Hälfte; sein Blick blieb misstrauisch und hart. Seine nikotingefärbten Fingerspitzen trommelten nervös auf das Steuerrad.
»Wir haben eine Herde Mustangs auf der anderen Seite der Mesa Verde gesehen«, quatschte Larry unbefangen weiter. »Es waren wenigstens fünfzig!«
»Mustangs?!« Terry warf einen schnellen Blick auf seinen Bruder, der die Tür öffnete und heraussprang. »Wo habt ihr diese Herde gesehen?«
Dan war schlanker, geschmeidiger als sein älterer Bruder. Er hatte gleichmäßige Gesichtszüge und große blaue Augen mit langen Wimpern. Die meisten Mädchen in Silver City fanden ihn hinreißend. Karen nicht. Schon sein Anblick machte sie nervös. Sie schwieg und ließ Larry, der die Arglosigkeit selbst

schien, weiterreden. Er hatte wirklich großes Talent, den Dummen zu spielen!
»Sie zogen östlich der Mesa Verde in Richtung Highway vorbei!«
Abermals wechselten Terry und sein Bruder einen vielsagenden Blick. Terry schob die Kippe in die andere Mundwinkelecke und schüttelte zweifelnd den Kopf. »Unmöglich! Noch nie hat man wilde Mustangs am Highway gesehen.«
»Vielleicht hatten sie Durst?«, meinte Larry mit Unschuldsmiene.
»Und der Kiowa-Creek?«, gab Dan zurück. »Wir haben diese Nacht genau daneben gezeltet! Er hat Wasser genug, um die Herden von ganz Texas zu tränken!«
Larry rückte würdevoll seine Brille zurecht. Sein einfältiges Gesicht bekam einen Ausdruck von Überlegenheit: »Sie zelten am Kiowa-Creek . . .? Dann verstehe ich, warum die Mustangs nicht zur Tränke kamen – es war Ihr Geruch, der sie abhielt!«
Dan stand nicht der Sinn danach, Erklärungen anzuhören. »Soll das vielleicht heißen, wir stinken?«, fragte er mit drohendem Unterton.
Terry gab ihm ein Zeichen, zu schweigen. Er wandte sich Larry zu. »Was verstehst du darunter?«
»Also gut, Mister! Sie rauchen . . .«, antwortete Larry unbeirrt freundlich. »Die Mustangs haben einen sehr empfindlichen Geruchssinn. Bestimmt haben sie Ihre Zigaretten gewittert. Das machte ihnen Angst und sie haben sich nicht getraut. Aber wenn Sie die Herde sehen möchten . . .? Wir könnten Sie hinführen . . .«

Die Jackson-Brüder zögerten. Offensichtlich schien ihnen die Sache verdächtig.
»Bob berichtete uns, die Herde hätte die Nacht zwischen der Mesa Verde und dem Kuhhorn verbracht«, bemerkte Dan und kratzte sich am Kopf.
»Ja«, brummte Terry. »Ich begreife nicht, wo er steckt, dieser Idiot! Schon mehr als drei Stunden ist er jetzt unterwegs!«
»Interessieren Sie sich für Mustangs?«, erklang abermals Larrys naive, höfliche Stimme.
Terry Jackson entschied sich unerwartet schnell. »Du kannst nicht wissen, in welchem Maße wir uns dafür interessieren!«
Er gab seinem Bruder ein Zeichen. »O. K.! Steig ein!«
Dan gehorchte. Terry brachte den Motor in Gang. Schwerfällig setzte sich der Landrover in Bewegung. Larry ritt voraus. Er ließ die Zügel hängen und sein Pferd gemächlich im Schritt gehen. Nach einer Weile hatte Terry es satt und fuhr dicht an den Reiter heran.
»He, Söhnchen! Kannst du dich nicht ein bisschen beeilen?«
»Mein Pferd ist sehr erschöpft«, antwortete Larry. »Sehen Sie nur, wie ihm der Schaum vor dem Maul steht!«
Das Fahrzeug sank in Schlaglöcher, holperte über Felsblöcke und Gestein.
»Wohin bringst du uns eigentlich?«, fragte Dan gereizt. »Da unten ist es voll von Sandbänken!«
»Es sind die Mustangs, die diese Richtung eingeschlagen haben!«, rief Larry. »Kann denn das Fahrzeug da nicht durch?«

Der Landrover schaukelte mit unsicherem Gleichgewicht über eine hügelige Bergkuppe. Die Reifen rutschten auf dem sandigen Boden. Fluchend schaltete Terry den Rückwärtsgang ein, um einer Sanddüne auszuweichen. Das sich stark neigende Gelände führte in eine Schlucht hinab, die mit dornigen Sträuchern und Kakteen bewachsen war.
Aufgebracht steckte Terry den Kopf aus dem Fenster und brüllte: »Du bist wohl verrückt! Da unten sind sie doch bestimmt nicht!«
Larry hob hilflos die Hände. »Können Sie nicht weiter, Mister Jackson?«
Terry fluchte und gab Gas. Der Landrover fuhr im Zickzack zwischen den Felsblöcken hindurch.
»Wollen Sie, dass wir Ihnen helfen, die Steine wegzuräumen?«, rief Larry.
Karen drehte den Kopf auf die andere Seite und unterdrückte mit Mühe einen Lachkrampf.
»Zum Teufel . . .«, begann Terry. Er unterbrach sich. Ein Schuss krachte aus Richtung Mesa Verde.
»Das ist Bob!«, rief Dan. »Er sucht uns!« Er sprang aus dem Auto, ein Gewehr in der Hand, und feuerte einen Schuss in die Luft ab. Powder machte erschreckt einen Satz.
Karen fühlte, wie ihr kalter Schweiß über den Rücken lief. Dan atmete keuchend; der Schweiß brach ihm aus allen Poren. Seine großen Stiefel gruben sich in den Sand ein und er sah gefährlich aus.
Wieder fielen zwei Schüsse auf der gegenüberliegenden Seite des Geländes.
»Das bedeutet, wir sollen zurückkommen«, rief Terry.

»Schöne Schweinerei, die wir uns da eingebrockt haben!«
Hochrot im Gesicht, an seiner Kippe nagend, brachte er das Fahrzeug in Gang. Dan schwang sich neben ihn. Die Reifen knirschten auf dem rauen Boden, während der Landrover ruckartig hin und her schwankend den Abhang hinauffuhr.
»Hör mal«, flüsterte Karen an Larrys Ohr, »ist es nicht Zeit, zu verschwinden?«
Larry nickte. Er trieb Powder an und brachte ihn in die Nähe des Fahrzeugs. »Goodbye, Mister! Es tut mir leid, ich hätte Ihnen gerne einen Dienst erwiesen . . . «
»Dienst erwiesen . . . das ist gut!«, knurrte Terry, der vor Wut kochte. Er platzte heraus: »Du Dummkopf! Du . . . Es hat nicht mehr Mustangs hier als auf meiner Handfläche! Ich rate dir, so schnell wie möglich zu verschwinden. Wenn ich dich jemals wieder erwische . . .«
Unbeeindruckt winkte Larry mit freundlichem Grinsen. Karen, der es immer unbehaglicher wurde, boxte ihn energisch in den Rücken. Larry wandte sein Pferd. Sie trabten davon, während der Landrover der Mesa Verde entgegenfuhr.
»Wirklich, du übertreibst!«, sagte Karen ärgerlich. »Es fiel langsam auf, dass wir uns über sie lustig machten.«
»Ich habe meine Rolle gut gespielt, nicht wahr?«, sagte Larry stolz.
»Der vollkommene Idiot«, erwiderte Karen. »Man könnte glauben, das ist dein normaler Zustand!« –

Plötzlich rief sie aufgeregt: »Ich sehe den Kundschafter der Jacksons! ... Da oben auf der Mesa Verde!«
Auf der flachen Felshöhe zeichnete sich deutlich eine Silhouette vor dem leuchtenden Himmel ab.
»Ich ... ich sehe gar nichts«, sagte Larry und schielte angestrengt durch seine staubigen Brillengläser.
»Er muss das Motorrad entdeckt haben – oder seine Spuren«, meinte Karen. »Das kann sehr unangenehm werden!«
»Bis die sich über einen Plan einig geworden sind, haben wir Zeit zu verschwinden!«, beruhigte sie Larry. »Los, Powder!«
Es wurde Abend. Die Sonne glühte wie ein roter Feuerball. Die Farbe des Himmels wechselte von Blau nach Rosa, dann in verschleiertes Grün. Die Schatten der Felswände dehnten sich über den Boden aus. Karen und Larry waren froh, dass die Nacht hereinbrach. Die Dunkelheit würde die Jacksons zwingen, das Suchen aufzugeben.
Die Sonne berührte den Horizont und versank sehr schnell. Der Himmel leuchtete purpur und violett. Ein korallenroter Schimmer verbreitete sich auf der dunklen Wand des Kuhhorns, wurde blasser und erlosch. Die Luft war außergewöhnlich klar – und man konnte kilometerweit sehen. Sofort nach Sonnenuntergang tauchte die Landschaft in das undurchsichtige Halbdunkel der Nacht.
Erschöpft stolperte Powder. Larry strich über den Hals des Tieres; trotz der Abendkühle war der Fuchs schweißgebadet. »Wir müssen einen Augenblick anhalten, Powder soll sich ausruhen!«

Karen blickte über die Schulter. Sie zuckte zusammen und fluchte. Hinter ihnen, in der Ferne, durchbohrten Scheinwerfer die Dämmerung.
Larry hatte sie ebenfalls bemerkt. »Die Jacksons folgen den Spuren der Herde. Sie fahren auf das Kuhhorn zu. Noch wissen sie nicht, dass wir die Mustangs vom Kiowa-Creek vertrieben haben . . .« Er drückte die Knie in die keuchenden Flanken des Pferdes. ». . . Noch etwas Mut, Powder! Bald ist es geschafft!«
Man sah die Lichter der Scheinwerfer auf dem unebenen Gelände aufleuchten und verschwinden. Plötzlich schien es Karen, als hätte der Landrover die Verfolgung aufgegeben: Minutenlang sah sie nichts mehr. Doch ihre Freude war nur von kurzer Dauer. Abermals durchbohrten die zwei gelben Lichter die Dunkelheit. Als Larry sein Pferd anhielt und in die Nacht lauschte, vernahm er deutlich das Surren des Motors. Langsam ließ der Junge das Pferd weitergehen. Powder röchelte und keuchte vor Erschöpfung. Allmählich gab der Klang der Hufe zu erkennen, dass die Bodenbeschaffenheit sich änderte: Sie verließen das sandige Geröllgebiet und erreichten das Felsengelände.
»Jetzt können sie die Spuren nicht mehr sehen«, sagte Larry. »Sie werden gezwungen sein anzuhalten.«
Eine Weile noch blitzten die Scheinwerfer zwischen den Granitblöcken. Dann verdeckte eine Felswand die Sicht. Ein matter Schimmer blieb, der sich zitternd am Rande der Dunkelheit auflöste.
Noch einmal hielt Larry sein Reittier an und lauschte: vollkommene Stille! Larry stieß einen Seufzer der Erleichterung aus und rieb sich die feuchten Hände an

den Hosennähten trocken. »So . . . jetzt sitzen sie fest bis morgen früh!«
Mit einem Mal fühlte sich Karen ausgepumpt und kraftlos. Sie umklammerte Larry, um nicht aus dem Sattel zu fallen. Sie merkte, dass sie in ihrer leichten Bluse vor Kälte zitterte. Großmutter hatte recht: Die Nächte sind eisig in der Wüste!
Eine plötzliche Angst schnürte ihr die Kehle zu: Wenn Geronimo und Angela die Stelle ihrer Verabredung nicht erreicht hatten? Wenn sich Larry in der Dunkelheit verirrte? Er war so kurzsichtig!
»Bist du sicher, dass wir uns auf dem richtigen Weg befinden?«, fragte sie besorgt.
»Beug dich mal vor«, sagte Larry und drehte sich etwas zur Seite.
Karen sah, dass er die Zügel an den Sattelknopf gehängt hatte und mit freien Händen ritt. Mit vorgestrecktem Kopf, die Ohren gespitzt, ging Powder in gleichmäßigen Schritten vorwärts.
»Er weiß genau, wohin er will!«, sagte Larry und grinste zufrieden.
Der Hügel, den sie erstiegen, senkte sich in einen ausgedehnten Bergkessel. Rundherum waren zerzauste dürre Büsche und vertrocknete Sträucher in der Dunkelheit zu erkennen. Der rosa Schimmer eines Feuers erhellte die Nacht. Ein Wiehern ließ die Flanken des Pferdes erzittern. Im Trab lief es den Hang hinunter, auf die Feuerstelle zu.
»Hallo«, ertönte die Stimme des jungen Indianers. »Wir haben uns schon Sorgen gemacht . . .«
Wie ein Scherenschnitt zeichnete sich seine Silhouette

vor dem glitzernden Feuerschein ab. Der mexikanische Umhang hing lässig über seinen Schultern. Powder trabte auf ihn zu, legte wie ein anhänglicher Hund den Kopf an seinen Arm und stieß ein erleichtertes Schnauben aus.

»Mein guter Alter . . . du bist erschöpft!«, murmelte Geronimo gerührt und streichelte das nasse Fell des Pferdes, während Karen und Larry mit steifen Knien aus dem Sattel stiegen. Ihre Knochen schmerzten von dem langen Ritt, als sei ein Bulldozer über sie hinweggerollt. Stöhnend und jammernd ließen sie sich an der Feuerstelle nieder.

»Kaffee?«, fragte Angela und hob einen verbeulten Wasserkessel. Sie füllte zwei Plastikbecher und reichte sie ihnen über die Flammen. Im Halbdunkel schimmerte ihre Haut wie Gold. Sie hatte die Stiefel ausgezogen und den Sturzhelm auf den Boden gelegt. Rötlich glänzender Feuerschein spiegelte sich auf dem Chrom des Motorrads wider.

»Wo . . . wo sind die Mustangs?«, ergriff Karen das Wort. Sie zitterte so heftig, dass sie Kaffee vergoss und sich die Finger verbrannte.

»Auf der anderen Seite der Schlucht«, antwortete Geronimo. Er war damit beschäftigt, Powder Sattel und Zaumzeug abzunehmen. »Sie haben uns schwer zu schaffen gemacht. Stellt euch vor: Der einäugige Hengst hat das Motorrad angegriffen! Er stürzte sich zähnefletschend auf uns wie ein wildes Tier. Angela raste quer durchs Geröll, um ihm zu entkommen. Eine richtige Zirkusnummer! – Und ihr, wie ist es euch ergangen?«

Während Larry und Karen ihre Erlebnisse berichteten, rieb Geronimo Powder mit einer Decke trocken und teilte ihm sorgsam die nötige Menge Hafer zu. Angela ließ etwas Fett in der Pfanne aus, um Eier mit Speck zu braten. Karen verteilte Brot und Bananen. Nach dem Nachtessen hielten sie mit frischen Kräften Kriegsrat.

»Morgen, im Laufe des Nachmittags, werden wir die Grenze überschreiten«, sagte Geronimo, »wenn der Einäugige uns bis dahin nicht mit Haut und Haaren verschluckt hat!«

». . . Und wenn uns die Jacksons nicht wie ein Sieb durchlöchert haben!«, fügte Larry hinzu. »Es läuft mir kalt über den Rücken, wenn ich an die Gewehre denke!«

»Wir haben einen guten Vorsprung, aber der Landrover wird uns schnell einholen«, meinte Karen.

»Klar!«, murmelte Geronimo. »Es sei denn . . .« In Gedanken verloren, ergriff er den Dolch, den er zum Holzschneiden benutzt hatte.

Karen scherzte: »Hast du vor, die Jacksons damit umzubringen?«

»Du spinnst wohl!«, sagte Geronimo. »Das ist nicht so einfach, wie du dir das vorstellst! Ich habe eine ganz andere Idee: Man müsste ihre Autoreifen aufschlitzen!«

Über die Glut hinweg stieß Angela einen begeisterten Pfiff aus. »Bravo, Häuptlingssohn!«

»Ich erledige das allein«, fuhr Geronimo fort. »Die Jacksons haben keinen Grund, misstrauisch zu sein. Sie werden schlafen wie die Murmeltiere.«

»Allein?«, fragte Larry. »Aber wenn dir etwas zustößt?«
»Was soll mir denn geschehen?« Geronimo zuckte die Achseln. »Hast du noch nie einen Western gesehen? Es war immer schon eine Spezialität der Indianer, sich ins Lager der Feinde zu schleichen!«
»O. K.!«, sagte Karen. »Es fehlt nur das Kriegsgeschrei. Aber ich hoffe in deinem eigenen Interesse, dass du schweigen wirst!«
Trotz ihrer Erschöpfung war Karen überzeugt, in dieser Nacht kein Auge schließen zu können. Sie zog den Reißverschluss ihres Anoraks bis zum Hals hoch, ließ die Kapuze bis auf die Ohren herunter und wickelte sich in die Decke, die sie mit Angela teilte. Natürlich wollte sich Angela auch zudecken. Karen zog an einem Zipfel, Angela am anderen. Endlich hörten sie auf, an der Decke zu zerren. Angela war eingeschlafen. Sie lag ebenso friedlich und entspannt da wie in ihrem eigenen Bett. Karen seufzte, wälzte sich unruhig hin und her. Die Kälte durchdrang die dünne Decke. Ihre Füße fühlten sich wie Eisklumpen an.
Es war eine dunkle, mondlose Nacht, der Himmel mit unzähligen Sternen übersät. Manchmal zerriss ein heiseres Wiehern die Stille: Die Mustangs hielten sich ganz in der Nähe auf. Jedes Mal zitterte Powder nervös. Seine Hufe scharrten unruhig auf dem Boden. Auch Larry schlief, zusammengerollt wie ein Knäuel, die Brille in der Hand. Man hörte ihn schnarchen; wahrscheinlich hatte er Polypen. Karen schloss die Augen: Es roch nach Salbei und verbranntem Holz. Die Zweige, die Geronimo geschickt ins Feuer legte,

knisterten. Karen atmete ruhiger, entspannte sich schließlich und schlief ein.
Geronimo saß am Feuer, den Rücken an den Sattel gelehnt. Von Zeit zu Zeit, um nicht vom Schlaf überrascht zu werden, stocherte er in der Glut und trank einen Schluck Kaffee. Eine Stunde verging, dann noch eine. Das lang gezogene Heulen der Präriehunde hallte in weiter Ferne durch die Nacht. Geronimo hielt die Armbanduhr dicht vor die Augen. Mitternacht! Es war Zeit, sich auf den Weg zu machen.
Man konnte ungefähr so viel sehen wie in einem Kohlenschacht, aber Geronimo brauchte kein Licht, um die Richtung zu finden. Die verschwommenen Umrisse der Felsen und die Sterne wiesen ihm den Weg. Sein Instinkt sorgte für das Weitere. Es war unwirklich, allein in Einsamkeit und Finsternis durch die Felsen zu streifen. Abgesehen von den Nachttieren empfand sich Geronimo als die einzig lebende Kreatur auf der Welt. Der Gedanke war ihm nicht unangenehm. Mitunter löste sich ein leuchtender Streifen am Firmament und tauchte in die Unendlichkeit. Eine Sternschnuppe! Schnell etwas wünschen, dachte Geronimo, zum Beispiel: alle vier Räder des Landrovers aufschlitzen zu können, ohne dabei ertappt zu werden . . .!
Eine Zeit lang ging er die Piste entlang. Dann bewegte er sich über einen steilen, glatten Abhang auf eine Schlucht zu, in der die Hitze des Tages wie ein schwüler Hauch gefangen war. Der undeutliche Schatten einer Känguruatte huschte über das Gestein. Die Schlucht zeichnete in der Dunkelheit eine sehr starke

Erhöhung auf. Geronimo stieg den Abhang empor. Seine Basketballschuhe glitten geräuschlos über das Geröll. Als er aus der Schlucht heraustrat, erblickte er in unbestimmter Entfernung einen schwachen rötlichen Schimmer am Erdboden. Geronimo nahm seinen mexikanischen Umhang ab. Die Fransen wickelten sich beim Gehen um seine Beine und er lief Gefahr, darüber zu stolpern. Er rollte den Umhang zusammen und schob ihn unter einen hervorstehenden Felsblock; später würde er ihn zurückholen.

Es waren die Reste eines halb verkohlten Feuers, die durch die Nacht schimmerten. Beim Näherkommen entdeckte Geronimo die schwarze Masse des Autos, das sich vom düsteren Felshintergrund undeutlich abhob. Zwei Gestalten, in Decken gehüllt, lagen dicht an der Feuerstelle. Es mussten die Jacksons sein. Das Zelt war nicht aufgeschlagen worden. Das bedeutete, die Männer wollten das Lager vor Morgengrauen verlassen.

Geronimo runzelte die Brauen. Wo war nur der Kundschafter? Der Bursche schien sich abseits von den beiden anderen einen Schlafplatz gesucht zu haben. Gefährlich war das: Man riskierte, in der Dunkelheit darüber zu stolpern!

Vorsichtig schlich er vorwärts. Sein Fuß stieß an einen lockeren Stein, der geräuschvoll den Abhang hinunterpolterte. Geronimo kauerte sich auf den Boden und hielt den Atem an. Nichts bewegte sich an der Feuerstelle. Er erreichte den Landrover von hinten, zog den Dolch aus dem Futteral und machte sich an die Arbeit. Anfänglich erreichte er nichts: Die Reifen waren ver-

flucht widerstandsfähig! Es gelang ihm endlich, den harten Gummi zu durchlöchern, indem er die Klinge wie einen Schraubenzieher drehte. Ruckweise vergrößerte er die Öffnung. Der Dolch klebte in seinen schweißnassen Händen. Als er vorsichtig die Klinge zurückzog und sein Ohr dem Reifen näherte, vernahm er deutlich ein leises Zischen. Geronimo grinste zufrieden. Jetzt kam der nächste dran! Er kroch auf allen vieren weiter. Ein heftiger Stoß! Geronimo wich entsetzt zurück: Ein Kanister, mit Wasser oder Benzin gefüllt, den er in der Finsternis nicht gesehen hatte, stürzte um mit einem Gepolter, das ganz Texas zu erschüttern drohte! Der Landrover schwankte.
»Zum Teufel, was ist denn los?«, ertönte eine verschlafene wütende Stimme.
In voller Panik stürzte sich Geronimo in die Felsen. Er rannte blindlings durch die Dunkelheit, auf die Gefahr hin, sich den Hals zu brechen. Sein Herz schlug so heftig, dass es schmerzte.
Undeutliche Stimmen und Zwischenrufe drangen aus dem Lager. Plötzlich erhellte ein gelber Lichtkreis die Nacht. Die Jacksons hatten die Scheinwerfer eingeschaltet.
Wenn sie nur nicht jetzt sofort den aufgeschlitzten Reifen entdecken, dachte Geronimo verzweifelt. Keuchend rannte er weiter und verwünschte seine Ungeschicklichkeit. Endlich blieb er stehen und lehnte sich an einen Felsen, um zu Atem zu kommen.
Wieder herrschte Finsternis: Die Scheinwerfer waren ausgelöscht worden. Wahrscheinlich glaubten die Jacksons, dass ein Tier den Kanister umgeworfen hat-

te. Gott sei Dank waren sie nicht auf die Idee gekommen, die Reifen zu untersuchen!
Geronimo tippte sich an die Stirn. Vor lauter Aufregung hatte er obendrein seinen Umhang vergessen! Es war unmöglich, in der Dunkelheit die Stelle, an die er ihn hingelegt hatte, wiederzufinden, und außerdem wagte er sich nicht mehr in die Nähe des Lagers. Morgen würde der Umhang den Jacksons bestimmt ins Auge fallen! Eine schöne Bescherung!
»Es tut mir leid, Urgroßvater!«, murmelte Geronimo niedergeschlagen. »Ich bin ein unwürdiger Nachkomme!« Mit weichen Beinen und schlotternden Knien trat er den Rückweg an.

Sonntagmorgen

Ein durchsichtiges, gläsernes Leuchten breitete sich über den Horizont aus. Eine Vogelstimme erklang in der Morgendämmerung.
Geronimo hockte an der Feuerstelle und blies die Asche an. Er füllte Wasser in den Kessel und stellte ihn auf die Glut. Als das Wasser kochte, gab er einige Löffel löslichen Kaffee hinein und fügte Zucker hinzu. Er probierte und zog eine Grimasse: Der Kaffee schmeckte nach Rauch!
Er beugte sich über die Schlafenden und rüttelte sie, einen nach dem anderen, wach. »Aufstehen! Das Frühstück ist bereit!«
»Oh . . .!«, stöhnte Larry und rieb sich den Rücken. Sei-

ne erste Bewegung war, nach seiner Brille zu tasten und sie auf die Nase zu setzen. »Es ist ja noch Nacht!«, stammelte er verschlafen.
»Der Tag bricht an!«, sagte Geronimo. »Los, aufstehen!«
Karen richtete sich auf. Ihr Körper war steif und eiskalt bis in die Knochen. »Wie ich friere!«, jammerte sie. »Ich glaube, ich habe mir Rheuma geholt!«
»Komm und trink deinen Kaffee«, erwiderte Geronimo. »Das wird dich wärmen.«
»Angela . . . he, Angela!«, rief Karen.
Ihre Freundin öffnete die Augen, schob die Decke beiseite und wandte sich sogleich hellwach an Geronimo: »Hast du was erreicht?«
»Ach ja, wie war das diese Nacht?«, fragte Larry und schlug kräftig mit den Armen herum, damit er sich aus seiner Erstarrung löste.
»So ein Pech!«, antwortete der junge Indianer verlegen. Er berichtete sein Missgeschick.
Angela saß am Boden und zog die Stiefel an. »Reg dich nicht auf!«, sagte sie. »Ein Reifen ist hin . . . wenigstens das! Sie werden Zeit brauchen, ihn auszuwechseln.«
Sie tranken Kaffee und aßen einige Cookies. Powder erhielt eine Ration Hafer und Wasser.
Saphirblaues Licht überflutete jetzt den Himmel, an dem langsam die Sterne verblassten. Die vier suchten ihr Gepäck zusammen, zerstreuten die Asche der Feuerstelle. Während Geronimo den Fuchs sattelte, untersuchte Angela sorgfältig ihr Motorrad.
»Alles in Ordnung?«, fragte Karen.

»Es fehlt etwas Luft in den Reifen; habe jetzt keine Zeit, mich darum zu kümmern.«
Die Mädchen stülpten die Sturzhelme über. Mit leichtem Klicken drückte Angela die Fußstütze hoch. Die eine Hand am Lenker, die andere am Sattel, rollte sie die Yamaha auf die Piste. Sie bestiegen das Motorrad. Angela betätigte den Starter, drehte den Kontaktschlüssel und kickte erneut den Anlasser heftig. Der Motor dröhnte mit dumpfem Pochen, während die ganze Maschine zitterte. Mit der rechten Hand bediente Angela den Gashebel und kuppelte gleichzeitig.
Langsam setzte sich die schwere Maschine in Bewegung. Geronimo hob den Fuß in den Steigbügel und schwang sich in den Sattel. Er reichte Larry die Hand, um ihm beim Aufsteigen behilflich zu sein.
Schon färbten sich einige Gipfel in leuchtendes Rot. Ein Adler erhob sich aus dem Felsen und stieg mit schwerem Flügelschlag auf. Man sah ihn in großer Höhe in weiten majestätischen Kreisen schweben.
Die Mustangs hatten sich für die Nacht in einer Einbuchtung der Felswand gesammelt, in der sie vor dem Wind geschützt waren. Ein schmales Wassergerinnsel schlängelte sich wie ein glitzernder Faden über den Kies.
Das Motorrad holperte über die Unebenheit des Geländes, fuhr im Zickzack um Steinblöcke und Geröllfelder. Als der Lärm des Motors an die empfindlichen Ohren der Pferde drang, ging ein Beben durch die Herde. Der einäugige Hengst hob den Kopf. Seine Nüstern weiteten sich. Ein dumpfes Wiehern drang

aus seiner Kehle, während die Hufe kampfbereit über den Boden scharrten. Hoch aufgerichtet schwenkte er zur Seite und setzte sich in Galopp. Die Herde folgte ihrem Leittier. Staubwolken wirbelten auf.

Der Himmel färbte sich golden. An den Hängen des Kuhhorns wallten Nebelschwaden. Wolken wie Flaum glitten über den Horizont, an dem langsam die Sonnenscheibe hochstieg. Im zartkupfernen Licht, von flimmernden Staubkörnern durchsetzt, schienen die Mustangs zwischen Himmel und Erde zu schweben.

Die Herde überquerte nun eine trostlose, kahle und steinige Hochebene. Geronimo wusste, dass noch ein Hindernis zu überwinden war: der enge, gewundene Passweg, der zwischen den Felsen talabwärts führte. Dann erst begann die unendlich weite Ebene bis zur Grenze, dort, wo die Autobahn von El Paso vorbeiführte.

Die Sonne stieg schnell in die Höhe. Dunst bedeckte den Himmel. Drückende Hitze lastete auf der Hochebene. Geronimo ließ Powder traben, um seine Kräfte zu schonen. Vom Motorrad gehetzt, galoppierte die Herde ununterbrochen weiter. Bis jetzt alles O. K., dachte Geronimo. Hoffentlich bleibt es so! Wie alle Tiere der Wildnis sind Mustangs unberechenbar. Die Herde konnte eine Zeit lang brav in gleicher Richtung galoppieren und plötzlich, ohne ersichtlichen Grund, mit wilden Sprüngen und Hufschlägen auseinanderdrängen. In der Morgensonne leuchtete das Kuhhorn glatt und elfenbeinfarbig: Es verdiente wirklich seinen Namen! Keine Staubwolke war weit und breit zu sehen. Wo, zum Teufel, stecken die Jacksons? Auch wenn sie eine Stunde gebraucht hatten, um den Reifen auszuwechseln, mussten sie schon in Sicht sein, überlegte Geronimo. Es kam ihm nicht einen Augenblick lang in den Sinn, dass die Jacksons eine Verfolgung, bei der Dollars im Spiel waren, aufgeben könnten. So wie Geronimo es befürchtet hatte, verlangsamte die Herde plötzlich ihren Lauf. Angela hielt das Motorrad an, um auf Powder zu warten. Die Mädchen nahmen den Kopfschutz ab.

»Puh . . . diese Affenhitze! Lassen wir die Mustangs ein wenig verschnaufen!«

»Eigentlich sind wir es, die es nötig haben!«, stöhnte Karen und strich ihre verschwitzten Haare zurück.

»Hat keiner von euch den Landrover gesehen?«, fragte Geronimo. »Nein . . . Merkwürdig!«

Karen schraubte ihre Feldflasche auf. Jeder trank einen Schluck lauwarmes Wasser.

Die Oberfläche der Hochebene schien wie mit grobkörniger funkelnder Asche bedeckt, in der sich die Sonne spiegelte. Die Herde war in geringer Entfernung zum Stehen gekommen. Das schweißtriefende Fell der Mustangs glänzte wie eingeölt. Bei jeder Bewegung sah man unter dem Fell das Spiel der geschmeidigen Muskeln. Viele Pferde trugen an Hals und Flanken dicke Narben, Zeugen erbarmungsloser Kämpfe, die sie in der Paarungszeit miteinander auszufechten pflegten.

»Toll sind sie!«, rief Larry begeistert.

Geronimo nickte. »Ja . . .! Sie gehören zur Wüste wie der Sonnenuntergang, der Duft von Salbei, die Sturzbäche zur Schneeschmelze. Sie vereinigen in sich die ganze Schönheit der Natur ...«

So sentimental wurde er gewöhnlich nach zwei Stunden Rockmusik und einem Liter Cola. Aber keiner dachte daran, eine blöde Bemerkung zu machen. Schweigend schraubte Karen ihre Feldflasche zu. Sie hätte gern gewusst, ob es Großmutter gelungen war, Onkel Phil an der Grenzstation zu benachrichtigen.

Angela ließ die Motorradstütze herunter und untersuchte die Reifen. Sie richtete sich mit zweifelnder Miene wieder auf, stülpte ihren Helm über und schwang sich auf den Sattel.

»Los!«

Kurz vor den Mustangs gab Angela Gas und beschleunigte das Tempo. Ein Zittern durchlief die Herde, wie das Kräuseln der Wellen auf einer Wasseroberfläche, während sich der einäugige Hengst aus der Masse löste. Aus solcher Nähe gesehen, wirkte er riesengroß. Sein kräftiger Rücken spannte sich wie eine Feder: Mit einem Sprung ging er zum Angriff über.

Angela beugte sich über die Lenkstange. Vom Pferd verfolgt, beschrieb sie zwei weite Kreise in Form einer Acht. Das Fell des Hengstes dampfte. Seine Ohren lagen flach am Kopf und die geschürzten Lippen ließen seine kräftigen gelben Zähne sehen. Ein rötliches Licht flackerte in seinem Auge. Er griff mit unglaublicher, unvorstellbarer Geschwindigkeit an. Abermals schlug die Yamaha einen Haken. Karen sah die Felsen auf sich zustürzen. Sie hielt den Atem an. Das Motorrad lag schräg in der Kurve wie auf einer Rennbahn.

Unerwartet gab der Hengst die Verfolgung auf. Er fiel in Trab, schüttelte unwillig die Mähne, machte kehrt und galoppierte zur Herde zurück. Die Morgenluft flimmerte vor Hitze. Im funkelnden Dunst schienen die Mustangs durch verschwommen bläuliches Wasser zu gleiten.
Knatternd folgte das Motorrad der Herde. Powder galoppierte hinterher, so schnell es ging. Als sie endlich den Engpass erreichten, brannte die Sonne schon hoch am metallglänzenden Himmel. Die schmale Piste war der einzige Durchgang ins Tal. Auf beiden Seiten senkten sich die Wände der Hochebene steil in die Tiefe.
Während sich die Herde am Eingang der Schlucht zusammendrängte, trat Angela auf die Bremse und schaltete in den ersten Gang. Mit lautem Getöse donnerte die Herde die Piste hinunter, die sich abwechselnd erweiterte und wieder verengte. Angela fuhr hinterher. Wie Saugnäpfe passten sich die dicken Reifen den Unebenheiten des Bodens an. Die Yamaha schwankte mit weichen, regelmäßigen Bewegungen, wie von unsichtbaren Wogen getragen.
Als ein Felsvorsprung den Blick freigab, sahen sie in der Ferne eine endlose, schimmernde Ebene. Angela stellte den Motor ab. Der eigene Schwung trieb das Motorrad voran. Es rollte weiter, umgeben von seltsamer Stille, während der Widerhall der Hufe wie Hagelkörner prasselte. Dann wurde das Gelände flacher – die Maschine fuhr langsamer. Angela ließ den Motor aufheulen. Unter dem plötzlichen Knall schienen die Felswände zu erzittern. Die Pferde rasten talwärts, von Staubwolken umgeben.

Ein einziges Tier verharrte auf der Piste: Wie eine Masse zornig geballter Kraftsprang plötzlichder einäugige Hengst zum Angriff vor. Ruckartig erhöhte Angela die Geschwindigkeit. Karen fühlte sich nach hinten gerissen. Das riesige Pferd versperrte ihr die Sicht. Staub quoll unter seinen Hufen auf. Seine Mähne loderte wie Flammen. Ein Stoß, ein brutaler Schwung. Es war, als ob sich das Motorrad vom Erdboden löste. Dann prallten die Reifen mit dumpfem Aufschlag auf den Boden zurück. Kieselsteine sprangen hoch. Durch ihre kaltblütige, kühne Steuerung war es Angela gelungen, nahe der Felswand dem rasenden Tier zu entgehen. Der Hengst selbst war wie vomErdboden verschlungen. Aufgeregt schüttelte Karen Angelas Schulter. Die Schwarze bremste, hielt an.

»Das Pferd!«, schrie Karen. »Wo ist das Pferd?«

Angela machte eine verständnislose Gebärde. Weiter oben auf der Piste waren Geronimo und Larry von ihrem Reittier gesprungen. Man sah sie auf den offenen Rand der Piste zueilen. Die beiden Mädchen wechselten einen Blick. Sie stiegen vom Motorrad und rannten keuchend den Weg hinauf. Ein schrilles Wiehern, ein Prasseln von Steinen. Außer Atem beugten sich Angela und Karen über den Felsrand. Das Motorrad hatte einen Steinsturz ausgelöst. Vom Geröll erfasst, vom eigenen Gewicht mitgerissen, war der Hengst in eine Vertiefung gestürzt. Zwei große Steine umklammerten wie eine Zange seinen rechten Hinterhuf. Halb wahnsinnig vor Schmerz und Wut versuchte er sich zu befreien.

Stumm vor Entsetzen presste Karen die Hand vor den

Mund. Angelas dichte Wimpern zitterten. Schweißtropfen glänzten auf ihrer Stirn. Sie sagte mit rauer Stimme: »Man muss ihn da herausholen . . .«
»Ich kümmere mich darum«, stieß Geronimo hervor.
»Bist du verrückt!«, protestierte Larry aufgebracht. »Ein einziger Hufschlag und er spaltet dir den Schädel wie eine Nussschale!«
Geronimo biss sich auf die Lippen. Sein braunes Gesicht war bleich geworden, aber es drückte Entschlossenheit und Mut aus. »Angela, fahr mit Karen weiter! Ihr müsst die Herde über die Grenze bringen!«
Karen fand plötzlich ihre Stimme wieder. »Euch hier allein lassen? Das kann doch nicht dein Ernst sein!«
Geronimo warf seine langen staubverkrusteten Haare zurück. »Sollen wir uns alle Mühe umsonst gemacht haben? Die Jacksons können jede Minute auftauchen . . .«
Angela zögerte mit gerunzelter Stirn. Dann sagte sie entschlossen: »Also gut . . . komm, Karen!«
»Aber . . .«
»Komm!« Mit großen Schritten ging sie den Abhang hinunter auf das Motorrad zu. Karen lief hinter ihr her.
»Passt auf!«, rief Geronimo ihnen nach. »Da vorne ist ein Arroyo. Ihr werdet Schwierigkeiten haben, durchzukommen!«
Angela blieb stehen und rief zurück: »Was?«
»Ein Arroyo, ein ausgetrockneter Flusslauf!« Geronimo hielt die Hände trichterförmig vor den Mund. »Passt auf, dass ihr nicht im Sand stecken bleibt!«
Angela hob die Hand zum Zeichen, dass sie verstan-

den hatte. Karen war es zum Erbrechen übel. Aber Geronimo hatte recht: Zuerst mussten sie an die Herde denken. Mit ausdruckslosem Gesicht zog Angela den Sturzhelm über. Ihre Bewegungen waren völlig ruhig und beherrscht. Auch Karen setzte ihren Helm auf und bestieg das Motorrad. Angela startete langsam, den Fuß auf dem Bremspedal. Karen drehte den Kopf und schaute über ihre Schulter hinweg. Schon versperrten ihr Felsen die Sicht. Karen seufzte und klammerte sich am Sattel fest. Vor ihnen, in weiter Ferne, floh die Herde über die Ebene.

Inzwischen hatte Larry den Hengst nicht aus den Augen gelassen. »Er ist rasend vor Schmerz! Was willst du tun?«

»Lass nur, ich habe schon eine Idee«, antwortete Geronimo, bemüht, seiner Stimme einen festen Klang zu geben. Er ließ sich über den Rand der Piste gleiten und stieg über das Geröll. Seine Knie zitterten, sein Herz schlug bis zum Hals, aber er versuchte, seine Angst zu beherrschen. »Ich muss ihm helfen! Ich kann ihn nicht in dieser Falle lassen! Koste es, was es wolle . . .«

Glücklicherweise schien das Bein des Hengstes nicht gebrochen. Für ein Wildpferd würde das den sicheren Tod bedeuten, denn es wäre unfähig, die entfernt gelegenen Weide- und Wasserstellen zu erreichen. Der Hengst hatte den jungen Indianer bemerkt. Er stieß ein Wiehern aus, so rau wie das Fauchen einer Wildkatze. Schweiß lief in klebrigen Rinnsalen über seine Flanken. Er versuchte, sich hochzustemmen, um sein eingeklemmtes Bein zu befreien, doch der weiche Boden gab immer wieder unter seinen Hufen nach.

Geronimo kauerte sich in einiger Entfernung nieder. Er legte zwei Finger an die Mundwinkel und stieß einen kurzen schrillen Pfiff aus. Der Hengst erbebte, spitzte die Ohren. Geronimo pfiff noch einmal. Sein Ton wurde sanfter, melodischer. Das Pferd hörte auf zu zittern. Wie erstarrt stand es da und glich einem aus Ton geformten Standbild. Sein rötliches Auge funkelte wie eine purpurrote Blume in der Sonne.
Geronimo ließ sich behutsam am Geröll entlanggleiten. Vorsichtig näherte er sich dem Tier. »Fürchte dich nicht«, flüsterte er. »Ich tue dir nichts. Ich bin gekommen, um dich zu befreien . . . «
Larry hielt Powder auf der Piste zurück und schaute aufgeregt zu, wie der Freund sich in Reichweite der furchtbaren Hufe begab. Durch die Lippen des jungen Indianers drang ein zarter, melodischer Ton wie das Vibrieren einer Flöte. Plötzlich erbebte der Hengst, schlug zur Seite hin aus. Larry fuhr zusammen. Seine Finger umklammerten nervös die Zügel.
Geronimo hatte sich nicht gerührt. Er pfiff unentwegt klangvoll und sanft. Halb rutschend, halb kriechend näherte er sich den beiden Felsbrocken, die den Huf des Hengstes einklemmten. Er umfasste mit beiden Armen den kleineren der beiden Steine, um ihn zur Seite zu wälzen. Verzweifelt stemmte er sich mit seinem ganzen Gewicht dagegen. Schweiß brach ihm aus allen Poren. Es war ihm unmöglich, diesen verfluchten Stein auch nur im Geringsten zu bewegen! Plötzlich fiel sein Blick auf einen starken Ast, der wahrscheinlich zur Regenzeit von einem Sturzbach in die Schlucht getrieben worden war und nun im Geröll

verdorrte. Wenn er diesen Ast als Hebel benutzen würde ... Aber er wagte es nicht, sich von der Stelle zu rühren: Die kleinste auch noch so unscheinbare Bewegung konnte den Hengst erschrecken und seinen Zorn von Neuem entfachen. Geronimo schaute Larry Hilfe suchend an. Wie konnte er ihm begreiflich machen, was er wollte? Ohne sein ruhiges, melodisches Pfeifen aufzugeben, um den Argwohn des Hengstes nicht zu wecken, gab Geronimo ihm mit dem Kopf ein Zeichen. Aufmerksam geworden, spürte Larry, dass sein Freund Hilfe brauchte. Kurz entschlossen band er die Zügel Powders um einen Felszacken und ließ sich vorsichtig den Hang hinabgleiten.

»Den Ast ...«, flüsterte Geronimo. »Dort unten!«

Larry antwortete ihm mit einem Wimpernzucken. Langsam umging er den Hengst, erreichte die Stelle, an der der Ast lag, und hob ihn auf. Während er mit der gleichen, äußerlich ruhigen Besonnenheit emporstieg, waren seine Nerven zum Zerreißen gespannt. Der kleinste unter seinen Füßen niederrollende Stein schien in seinem Körper widerzuhallen.

Das Pferd hatte sich nicht gerührt. Hier und da nur zuckte ein Muskel unter dem schweißbedeckten Fell. Endlich war Larry so nahe an den jungen Indianer herangekommen, dass er ihm den Ast reichen konnte. Geronimo bückte sich, klemmte den Ast unter den Stein, indem er den Kies etwas aushöhlte. Dann hielt er den Atem an, spannte seine Muskeln und stemmte mit aller Kraft dagegen. Der Felsblock schwankte unmerklich, doch es genügte: Mit einem einzigen heftigen Ruck hatte der Hengst den Huf befreit. Zwei ge-

waltige Sprünge brachten ihn den Hang hinauf. Blutige Hautfetzen hingen an seiner Fessel.
Geronimo und Larry sahen sich an. Der eine war ebenso bleich wie der andere.
»Himmel!«, murmelte Larry. »Ich kam mir vor wie im Tigerkäfig!«
»Ja«, gab Geronimo zu, »ich dachte, er würde uns zu Marmelade zerstampfen!«
Keuchend und schwankend erklommen sie den Felshang. Der Hengst stand auf der Piste. Er schöpfte tief Atem und schaute sie mit seinem feucht glänzenden Auge an, in dem der rote Funke erloschen war.
»Es ist, als ob er . . . als ob er uns jetzt in seiner Nähe duldet . . .!«, flüsterte Larry.
»Er hat Vertrauen gefasst«, antwortete Geronimo. »Ich will versuchen, seine Wunde zupflegen!« Er öffnete die Satteltasche und nahm die Thermosflasche, die noch etwas Wasser enthielt, heraus. Er schraubte den Stöpsel los und reichte sie Larry, der einen gierigen Schluck nahm. Nachdem auch Geronimo getrunken hatte, schaute er um sich. »Wir brauchen einen Lappen . . .«
»Nimm das«, sagte Larry. »Ich begnüge mich mit meiner Jacke.« Er zog sein T-Shirt, mit Tarzan und dem Löwen, über den Kopf und knöpfte seine Lederjacke über der nackten Haut zu.
Langsam näherte sich Geronimo dem Hengst. Wieder ertönte das lang gezogene, melodische Pfeifen von seinen Lippen. Larry folgte ihm mit festen Schritten. Unbeweglich ließ das Tier sie herantreten. Geronimo kniete nieder und betrachtete die Wunde. Er goss etwas Wasser auf das T-Shirt und legte es als Kompres-

se um die verletzte Stelle. Das Pferd wieherte dumpf und tief, es klang wie ein Seufzer. Vorsichtig und geschickt reinigte Geronimo die Wunde von Staub und winzigen Kieselsteinen, die in die Hautfetzen eingedrungen waren. Als er den freigelegten Knochen berührte, zuckte der Hengst heftig zusammen.

»Die Wunde sieht nicht gut aus«, murmelte Geronimo. »Sie müsste desinfiziert werden!«

»Es ist Karen, die den Verbandskasten hat«, sagte Larry betrübt. Er ließ seine Finger über das schweißbedeckte Fell gleiten, spürte das Klopfen der Arterien und fühlte, wie die dicken Narbenwülste auf dem Augenlid unter seiner Hand zuckten. Das unversehrte Auge, in dem ein friedlicher, weicher Schimmer matt aufleuchtete, hatte die Farbe dunkelbrauner Kaffeebohnen.

Plötzlich sprang der Hengst heftig und schwer atmend zur Seite. Die gespitzten Ohren bebten. Seine Hufe scharrten über den Boden.

Motorengeräusch unterbrach die Stille. In einer Staubwolke erschien der Landrover oberhalb des Hügels und steuerte geradewegs auf sie zu.

Sonntagmittag

Der Hengst wich zurück. Gelber Speichel floss aus seinem Maul. Er wirbelte herum und raste im Galopp die Schlucht entlang. Die blutigen Fetzen klebten auf seiner Wunde.

Geronimo packte Larrys Arm und zog ihn mit sich. Sie rannten die Piste hinauf, um zu Powder zu gelangen. Zu spät! Mit kreischenden Bremsen versperrte ihnen der Landrover den Weg. Seinen Texanerhut schief auf dem Ohr, beugte sich der ältere der Jacksons aus dem Fenster und rief höhnisch: »Nanu . . .! Ist das nicht der junge Larry Coleman? Mir scheint, wir sind uns schon einmal begegnet! Aber seit wann hat sich die hübsche blonde Freundin in eine Rothaut verwandelt?«
Mit trockener Kehle, aber kaltblütig antwortete Larry: »Sie . . . sie erwartet uns bei ihrem Onkel, der Grenzwächter ist!«
Terry spuckte im hohen Bogen in den Staub. »Immer die gleichen schönen Ausreden, nicht wahr, Söhnchen?« Er stellte den Motor ab. Plötzliche Stille. Nur das Zischen des überhitzten Kühlers war zu hören. Die Tür des Autos öffnete sich. Dan und Bob, der Dritte im Bunde, schoben ihre langen Beine aus dem Auto heraus. Bob war ein hagerer blonder Mann mit wässrigen Augen und spitzem Adamsapfel. Er trug enge Jeans und eine gestreifte Kunstlederjacke.
Das Gewehr in der Hand, näherte sich Dan lässig dem jungen Indianer. »Es gab einmal einen schönen Haufen Mustangs unterhalb der Mesa Verde, die dein Geschrei zum Teufel geschickt hat. Erinnerst du dich, was wir dir damals gesagt haben?«
Geronimo schwieg. Dan schnalzte mit der Zunge. »Jetzt begreife ich! Du«, er zeigte auf Larry, »deine kleine Freundin, dieser dreckige Indianer und die Nummer vier auf ihrem Motorrad, ihr steckt alle unter einer Decke! Und da Silver City ein kleines Nest

ist, in dem jeder den Nachbarn kennt, weiß man sehr genau, wem das Motorrad gehört ... «
Er warf Larry einen gespielt vorwurfsvollen Blick zu. »Aber Sie haben da einen sehr zweifelhaften Freundeskreis, mein junger Herr Coleman! Wenn ich der Herr Papa wäre, würde ich Sie auf mein väterliches Knie legen und Ihnen eine gehörige Tracht Prügel verabreichen.« Er packte Larry am Jackenkragen. Rot vor Zorn stieß Larry ihn zurück. »Hände weg!« Die Männer lachten aus vollem Halse.
»Lass ihn in Ruhe, Dan!«, sagte Bob. »Der kleine Herr Bürgermeister ist ein empfindsames Persönchen. Er schätzt es nicht, wenn unsereiner ihn freundschaftlich mit der Hand berührt. Er zieht den Umgang mit Schwarzen und Rothäuten vor.«
Die Autotür schlug zu. Terry, der sich Zeit genommen hatte, eine Zigarette anzuzünden, war ebenfalls ausgestiegen. Er schlenderte daher und blieb vor Geronimo stehen. Brutal herrschte er ihn an: »Wir hatten dir befohlen, dich nicht mehr blicken zu lassen. Schon wieder alles vergessen?«
»Es ist verboten, die Mustangs im Gebiet des Reservats zu verfolgen!«, rief Geronimo mit blitzenden Augen.
»Immer wieder die alte Geschichte!«, sagte Terry mit anormal sanfter Stimme. »Die Mustangs gehören dem Kiowa-Stamm, nicht wahr? Ganz Texas gehört den Indianern! Und die Vereinigten Staaten von Alaska bis nach Kalifornien, warum nicht auch die?«
»Warum nicht auch die?«, erwiderte Geronimo eisig. »In der Tat! Wir sind die richtigen Amerikaner!«
Larry spürte, wie sich sein Magen umdrehte. Seine

Beine wurden weich wie Gummi. Verzweifelt suchte er einen Vorwand, um Geronimo zum Schweigen zu bringen.
Höhnisch grinsend kaute Terry auf seiner Kippe. »So«, sagte er, »ihr seid die richtigen Amerikaner. Einverstanden. Das gibt euch natürlich das Recht, uns um ein paar ehrlich verdiente Dollars zu bringen . . . und unsere Autoreifen zu zerschneiden!«
»Das war ich!«, rief Larry heldenhaft.
»Was, Jugendkriminalität noch dazu? Der Herr Papa wird sich aus Verzweiflung die Haare raufen!«, spöttelte Terry. Die anderen grinsten.
»Wir wissen natürlich, dass der junge Coleman sich gerne mit buntem Firlefanz ausstaffiert«, fuhr Terry fort. Er steckte den Arm in das offene Wagenfenster und zog Geronimos mexikanischen Umhang hervor, den er dem jungen Indianer ins Gesicht warf. »Ihr habt uns lange genug zum Narren gehalten!«
Er packte Geronimo am Kragen und verpasste ihm eine Ohrfeige, dass ihm Hören und Sehen verging. Unwillkürlich schoss Geronimos Faust nach vorne. Terry schnappte nach Luft. Seine Zigarette fiel in den Staub. Er presste die Hand vor die Nase. Blutstropfen quollen zwischen seinen Fingern hervor. Blitzschnell hob Dan seinen Gewehrkolben, doch Geronimo kam ihm zuvor: Er packte die Waffe, bevor sie ihn traf, und drückte sie mit aller Kraft beiseite.
Einen Augenblick lang herrschte ein wildes Durcheinander, übertönt von Larrys schriller Stimme, der aus Leibeskräften brüllte: »Ich werde alles meinem Vater sagen! Ihr kommt ins Gefängnis!«

Mit blutverschmierter Nase versetzte Terry Geronimo einen Fußtritt, der ihn gegen einen Felsen schleuderte. Dan schwang sein Gewehr. Der Kolben traf Geronimo an der Schläfe. Er stolperte und fiel kopfüber in den Staub.

»Saubande!«, schrie Larry außer sich.

Langsam erlangte Geronimo das Bewusstsein wieder. Er erinnerte sich nur flüchtig und hatte keine Ahnung, wo er sich befand. Benommen versuchte er, sich aufzurichten. Seine Nägel gruben sich in den Kies. In seiner an Übelkeit grenzenden Schwäche fühlte er den Erdboden unter dem wilden Galopp eines Pferdes erzittern. Ein wutentbranntes, schrilles Wiehern durchschnitt die Luft. Geronimo riss die Augen auf. Die Landschaft schien zu schaukeln: Der Himmel schwebte unten, die Berge standen kopf. In einem rötlichen Nebel sah er die Männer nach allen Richtungen davonrennen – hinter dem Auto oder zwischen den Felsen Schutz suchend –, verfolgt von einem rasenden, schäumenden Ungeheuer.

Der einäugige Hengst, dachte Geronimo völlig entgeistert. Ich bin verrückt! Das ist ja nicht möglich! Das Blut, das ihm in die Augen sickerte, nahm ihm die Sicht. Mechanisch hob er die Hand, um es abzuwischen.

In gewaltigen Sprüngen drehte sich der Hengst zähnefletschend im Kreis. Plötzlich ging er auf das Auto los. Seine Hufe hämmerten wie Keulenschläge. Ein splitterndes Krachen – die Windschutzscheibe zersplitterte in tausend Stücke!

Geronimo zwinkerte benommen mit den Augen. Von

Übelkeit erfasst, blieb er am Boden liegen. Wie in einem Traum sah er vor sich die Silhouette Dans, das Gewehr im Anschlag, auf den Hengst gerichtet. Die Stiefel bohrten sich kurz vor seinem Gesicht in den Sand. Geronimo raffte seine letzten Kräfte zusammen, erfasste stöhnend den nächststehenden Stiefel und zerrte daran. Dan verlor das Gleichgewicht, stolperte. Da, ein rötlich glänzender rasender Wirbel! Ein Aufschrei. Das Gewehr fiel in den Sand. Der Hengst hatte Dans linke Hand mit den Zähnen zermalmt.
Jemand schüttelte Geronimos Schulter, versuchte, ihn aufzurichten. »Komm . . . schnell! Fort von hier!«, drang Larrys heisere Stimme an sein Ohr. Geronimo versuchte, auf allen vieren weiterzukriechen. Er fühlte sich gehoben, gezogen. Endlich aufgerichtet, schwankend wie ein Uhrpendel, sah er Powders Steigbügel vor seiner Nase baumeln.
»Steig in den Sattel!«, keuchte Larry.
Am ganzen Körper zitternd, wich Powder zur Seite.
»Ruhig, ruhig«, murmelte Geronimo. Seine Stimme erschien ihm so schwach wie die eines Säuglings. Er entsann sich später nie, wie es ihm gelungen war, in den Sattel zu kommen.
Larry stieg hinter ihn und nahm die Zügel. Schon sprengte Powder im Galopp durch die Schlucht. Wie ein Echo schallte hinter ihnen ein anderer Hufschlag. Larry drehte den Kopf und stöhnte vor Schreck: Der einäugige Hengst stürmte ihnen nach! Seine Sprungkraft war so gewaltig, dass Larry Powder dagegen wie eine Schnecke vorkam. Unmöglich, dem rasenden Tier zu entgehen! Instinktiv zog Larry den Kopf

ein. Plötzlich streifte ihn ein heißer Atem. Verblüfft sah Larry den Hengst wie ein Geschoss vorbeistürmen. In seiner Verwirrung wurde ihm klar, dass der Hengst sie nicht verfolgt hatte, sondern mit ihnen flüchtete. Kies sprang unter seinen Hufen auf. Seine Mähne flatterte wie eine Standarte. Ein Knall . . . ein schrilles Pfeifen: Der Aufprall der Kugel peitschte den Staub auf. Der Hengst machte eine Wendung und schlug im vollen Galopp aus, wie um sich von einer Hornisse zu befreien.

Sie hatten nun die von einer gelben, windverkrusteten Sandschicht bedeckte Ebene erreicht. Am Horizont flimmerte im milchigen Licht der Highway von El Paso.

Der Hengst schien zu fliegen. In der Luft schwebend berührte er den Boden nur, um sich mit einem Sprung wieder abzustoßen und zu erheben. Powder galoppierte hinterher, wie von einem unsichtbaren Seil gezogen. Trotz seiner schrecklichen Wunde war der Hengst schneller. Immer mehr vergrößerte sich der Abstand zwischen den beiden Pferden.

»Geronimo!«, rief Larry. »He, Geronimo, geht's?«

»So einigermaßen«, brummte der junge Indianer. Er hatte eine Beule an der Stirn, die pflaumengroß war. Verkrustetes Blut klebte an seiner Schläfe. »Wo . . . wo sind die Jacksons?«, stammelte er.

Larry blickte zurück und fluchte. Rüttelnd und stoßend holperte der Landrover die Piste hinunter. Larry sah den glatten, flachen Boden unter Powders Hufen dahingleiten. Er wusste, wie trügerisch dieses Gefühl der Geschwindigkeit war. In der Ebene würde sie das

Fahrzeug in einigen Minuten eingeholt haben. Wenn es ihnen nur gelingen würde, den Highway zu erreichen ...

Weit und breit keine Spur von der Herde mehr zu sehen.

»Die Mustangs sind in Sicherheit«, sagte Geronimo. »Angela hat sie über die Grenze getrieben.« Er lachte. Es war ein seltsames Lachen, denn der Schmerz ließ ihn zur gleichen Zeit aufstöhnen. »Hast du kein Taschentuch?«

Larry hielt mit der einen Hand die Zügel, mit der anderen kramte er in der Jeanstasche herum und brachte ein schmutziges Taschentuch zum Vorschein. Geronimo strich damit über sein blutverschmiertes Gesicht.

Larry, der abermals über seine Schulter geblickt hatte, rief verzweifelt: »Sie kommen näher!«

»Jetzt sind sie hinter dem Hengst her«, sagte Geronimo, »nicht hinter uns.«

Jedoch der Hengst raste wie der Wind. Sein Instinkt trieb ihn, die auf seinen Schutz angewiesene Herde einzuholen. Alles andere war unwichtig geworden.

Ein schwarzer Punkt erschien vor ihnen in der Ferne. Er wurde zusehends größer. Geronimo hatte ihn schon längst entdeckt, bevor Larry ihn bemerkte. Gespannt kniff er die Augen zusammen. Die flimmernde Luft verzerrte jeden Umriss. Unmöglich zu sagen, ob dieser Punkt ein großer Stein war, ein einzelner Reiter, ein Lastwagen oder ...

»Das ist ja Angela!«, entfuhr es Geronimo, der seinen Augen nicht traute.

Larry zuckte zusammen. »Wo ...?«

»Da vorne! Sie kommt zurück! Hat sie den Verstand verloren?«
»Sie kommt uns zu Hilfe!«, keuchte Larry. »Du lieber Himmel! Die Jacksons werden sie k. o. schlagen!«
Was nützte es, Powder anzuspornen? Der Fuchs tat, was er konnte. Schaum flog ihm vom Maul. Sein keuchender Atem übertönte das Hämmern der Hufe. Diese Strapazen konnten ihn das Leben kosten! Geronimo ertrug es nicht länger. Er riss Larry die Zügel aus den Händen und zog langsam an. Powder stolperte und ließ den Kopf hängen. Ein starkes Zittern durchlief seinen schweißnassen Körper.
»Er kann nicht mehr ...«, murmelte Geronimo.
Sie stiegen ab. Geronimo löste den Gurt und nahm den Sattel herunter. Larry seufzte ergeben. Da standen sie nun, mitten in der Wüste, mit einem erschöpften Reittier, während der einäugige Hengst ohne ein Zeichen von Müdigkeit wie ein silbern glänzendes Spielzeug in weiter Ferne verschwand. Das Motorrad kam von der einen Seite, der Landrover von der anderen. Plötzlich fand Larry die Situation so lächerlich, dass er in ein nervöses Kichern ausbrach.
Die Yamaha nahte in einer großen Staubwolke. Jetzt musste Angela das Auto gesehen haben, jedoch bremste sie nicht. Wie gebannt, mit offenem Mund, sahen Geronimo und Larry das Motorrad mit voller Geschwindigkeit auf den Landrover zusteuern, wie um ihn zu rammen.
Ein Schuss krachte, einer pfeifenden Explosion gleich, in der leblosen Stille der Wüste.
Die Bremsen kreischten. In voller Fahrt drehte sich

das Motorrad um sich selbst, kippte und stürzte schwer aufprallend zu Boden. Die Mädchen wurden in hohem Bogen aus dem Sattel geschleudert und rollten in den Staub.

»Sie haben auf das Motorrad geschossen!«, brüllte Larry.

Schon bremste der Landrover. Terry Jackson beugte sich aus dem Fenster. Seine Stimme übertönte den Motorenlärm. »Da habt ihr einen Denkzettel, verfluchte Bande!« Er umkreiste das umgestürzte Motorrad und sauste dann in vollem Tempo davon.

Als Geronimo und Larry außer Atem die Unglücksstelle erreichten, war Karen schon auf den Beinen. Völlig benommen klopfte sie sich den Staub von der Kleidung. Ihre Ellbogen und ihre Hände waren mit blutigen Schrammen bedeckt und ein Fingernagel war halb abgerissen. Angela, die auf dem Bauch lag, seufzte und richtete sich mühsam auf. Larry half ihr den Sturzhelm abnehmen. Angela atmete schwer. Ihr Schädel brummte wie ein Wespennest und sie hatte Schmerzen in den Ohren.

»Diese gemeinen Kerle!«, murmelte sie. Sie stellte sich schwankend auf die Füße. Die Räder des Motorrads, schräg gegen den Himmel gerichtet, hatten nicht aufgehört, sich zu drehen. Tropfenweise sickerte Öl aus dem Getriebe und schwärzte den Sand.

»Warum . . . warum nur bist du auf den Landrover losgefahren?«, stammelte Geronimo.

»Wir sahen den Hengst herangaloppieren«, erwiderte Angela. »Wir wollten verhindern, dass er eingeholt würde.«

Karen vermied es, ihren verletzten Fingernagel anzusehen. Wenn sie ihn betrachtete, drehte sich ihr Magen um. Sie zwang sich zu einem Lächeln. »Zum Glück haben wir den Grenzposten ohne Zwischenfall erreicht. Das einzige Problem war, durch den Arroyo zu kommen. Die Reifen versackten im Treibsand . . .«

Angela nickte. »Wir mussten absteigen und die Maschine schieben . . .«

Karen fuhr fort: »Onkel Phil erwartete uns. Die Herde wurde mühelos hinübergetrieben. Phil hat gleich den Sheriff von San Pascual benachrichtigt. Die Jacksons werden Jagdverbot in New Mexico erhalten und . . .« Sie unterbrach sich, betrachtete Geronimo voller Entsetzen. »Um Himmels willen! Hat dich ein Hufschlag erwischt?«

»Ein Hufschlag? Nein, ein Gewehrkolben«, antwortete Geronimo grimmig. »Die Jacksons haben mich so ziemlich zusammengeschlagen. Der Hengst war es, der dazwischenfuhr.«

Karen und Angela wechselten einen verständnislosen Blick. Hatte er den Verstand verloren? Was war los? Die folgenden Aussagen der beiden Jungen ließen sie nicht klarer sehen. Sie waren erschöpft und zu verstört, um ohne zu stottern von ihrem Erlebnis berichten zu können.

»Ihr seid also überzeugt, dass der Hengst euch zu Hilfe gekommen ist?«, meinte Karen, völlig verblüfft.

»Ehrenwort«, sagte Geronimo ernst. »Wir befreiten ihn und pflegten seine Wunde. Er hat sich erkenntlich gezeigt.«

Angela bewegte mit Mühe ihre geschwollenen Lippen.

»Wenn es uns gelingt, ihn heil über die Grenze zu bringen, verspreche ich, nie um das Motorrad zu jammern!« Sie packte die Maschine, um sie aufzurichten. Die anderen drei halfen mit. Es gelang ihnen mit vereinten Kräften, die Yamaha wieder auf die Räder zu stellen. Angela befühlte den beschädigten Reifen. Die Kugel hatte den Gummi zerfetzt.
»Der Reifen ist hin. Und dann, seht euch die Speichen an! Alles verbogen. Es wird acht Tage dauern, bis das repariert ist. Und wer soll das bezahlen?«
»Wir machen die Jacksons verantwortlich!«, sagte Larry.
»Überfall mit Verletzungen, Mordanschlag, Unterlassung von Hilfeleistung an Personen in Gefahr . . .«
»Wieso Mordanschlag?«, fragte Angela müde.
»Ist ein Gewehrschuss auf ein fahrendes Motorrad vielleicht kein Mordanschlag?«, erwiderte Larry entrüstet.
Angela schüttelte traurig den Kopf. »Lass es bleiben. Es ist ja alles vollkommen nutzlos.«
»Wie meinst du das, nutzlos?«, empörte sich Larry. »Wenn ich das meinem Vater erzähle . . .«
»Er wird nichts dagegen tun können«, antwortete Angela.
»Die Jacksons sind Weiße. Sie bekommen immer recht in diesem verdammten Land.« Ihre Stimme war rau vor Bitterkeit.
Larry öffnete den Mund, um etwas zu sagen, aber er brachte kein Wort heraus. Er blickte Geronimo Hilfe suchend an. Der junge Indianer senkte die Augen und sagte düster: »Sie hat recht.«

»Reg dich nicht auf, Angela!«, mischte sich Karen energisch ein. »Morgen beginnen wir, Zeitungen auszutragen. Wir werden etwas Geld zusammenbringen . . .«
»Zeitungen austragen? Wie denn? Das Motorrad ist unbrauchbar.«
In der plötzlichen Stille vernahm man das Pfeifen des Windes und den gleichmäßigen Hufschlag Powders, der mit hängenden Zügeln näher kam.
»Hm . . .«, begann Larry zögernd. »Ich könnte euch mein Fahrrad geben . . .«
Angela und Karen starrten ihn verdutzt an.
»Macht doch nicht so ein Gesicht!«, rief Larry entrüstet. »Ich weiß genau, dass es alt und verrostet ist! Aber wenn euch damit geholfen ist . . .«
Ein Funken leuchtete in Angelas Augen auf. Sie schaute Karen an. Karen blickte zu Geronimo, der sich mit Larrys schmutzigem Taschentuch das Gesicht abtupfte. Plötzlich brachen alle in lautes Gelächter aus. Da standen sie nun, voller Beulen und Schrammen, mitten in der Wüste, in der Gluthitze und lachten sich schief.
»Larry«, stöhnte Angela und krümmte sich vor Lachen, »das ist eine gute Idee! Eine verdammt gute Idee!«
»Ich . . . ich glaube, dass ich den Trick allmählich herauskriege«, prustete Larry. »Von jetzt an esse ich auch Schokolade!«
Das Gelächter hatte ihre Nerven beruhigt, aber allmählich wurde ihnen die Schwierigkeit ihrer Lage bewusst. Da standen sie nun in der Wüste, mit einem

Motorrad, das nicht mehr zu gebrauchen war, und einem zu Tode erschöpften Pferd!
Larry fasste sich als Erster wieder. Er fuhr mit der Zunge über seine staub- und sandverkrusteten Lippen.
»Angela . . . wie weit ist es noch bis zum Grenzposten?«
»Noch ungefähr zwei Meilen. Mit dem Motorrad haben wir die Strecke in einer Viertelstunde zurückgelegt. Aber zu Fuß . . .«
Sie ließ den Satz düster in der Schwebe. Geronimo hielt sich die Hand über die Augen und sah zum Himmel. Das Blau hatte sich in einen eigenartigen rötlichen Dunst verwandelt. Kein Windhauch regte sich. Die glühende Sonnenscheibe schien unbeweglich und für alle Ewigkeit über der Wüste zu stehen.
»Wir müssen sofort aufbrechen«, sagte er. »Das Wetter ändert sich. Wie viel Wasser haben wir noch?«
Seine Thermosflasche war leer: Er hatte den letzten Rest Wasser gebraucht, um die Wunde des Hengstes zu pflegen.
»Ich habe noch etwas Wasser«, sagte Karen und zog die Feldflasche aus ihrem Leinenbeutel.
»Es ist besser, wir trinken was, bevor wir uns auf den Weg machen«, sagte Geronimo.
Jeder nahm einen Schluck. Das Wasser schmeckte abgestanden, warm und sandig. Dann half Larry Karen, ihren Finger zu verbinden. Das Blut drang sofort durch die Gaze und färbte das Heftpflaster rot. Karen verzog das Gesicht und Larry warf ihr einen besorgten Blick zu. »Mensch, fall dabei bloß nicht in Ohnmacht!«

»Ich falle schon nicht in Ohnmacht!«, sagte Karen gereizt. »Mir ist nur ein bisschen flau im Magen!«
»Mir auch.« Larry grinste gequält. »Ich muss was essen. Wenn ich mich aufrege, kriege ich Hunger!«
»Zieh die Gürtelschnalle enger!«, sagte Angela. »Wir haben keinen Proviant mehr!«
»Das kann ja heiter werden!«, seufzte Larry.
Geronimo betrachtete die beschädigte Maschine. »Wäre es nicht besser, das Motorrad hierzulassen?«
»Auf keinen Fall!« Angela war entrüstet. »Womöglich klaut mir das noch jemand oder montiert mir Teile ab . . .«
Karen riss die Augen auf. »Willst du das Motorrad zwei Meilen weit schieben?«
»Hast du eine bessere Idee?«, fragte Angela gelassen. Sie packte die Yamaha mit kräftigem Griff und begann zu schieben. Die Reifen knirschten im Sand. Geronimo nahm Powders Zügel. Bedrückt machten sie sich auf den Weg. Powder ging im Schritt. Seine nassen Flanken hoben und senkten sich stoßweise. Die Nüstern bebten von seinem keuchenden Atem. Auch das Pferd litt unter dem Durst. Aber sie mussten den letzten Rest Wasser für sich behalten.
Angela ging mit langsamen, kraftvollen Schritten und schob das Motorrad. Die anderen halfen abwechselnd mit, die Maschine vorwärtszubringen. Die Hitze war unerträglich. Hinter dem Nebel war die Sonne hoch am Himmel sichtbar. Ihr Licht war von eigentümlich kupferner Farbe.
Larry stapfte mit steifen Knien durch den Sand. Seine Brille war von einem ekelhaften Gemisch aus Spucke,

Staub und Schweiß bedeckt. Er versuchte, sie abzuwischen, aber das grelle Licht spiegelte sich in der Fettschicht auf den Gläsern. Wenn er die Brille abnahm, sah er überhaupt nichts mehr – und kroch daher wie eine blinde Maus.
Karens Schuhsohlen waren fast durchgeschlissen. Der Boden brannte unter ihren Füßen, als wanderte sie über glühende Asche. Von Zeit zu Zeit warf sie einen Blick auf ihren blutgetränkten Verband und wandte sofort die Augen wieder ab.
Nach einer Weile blieb Angela stehen, um Atem zu schöpfen. Der Schweiß lief in glitzernden Streifen über ihr Gesicht. Mit zusammengekniffenen Augen starrte sie auf die dunstige Horizontlinie.
»Mensch, lass die Maschine hier!«, keuchte Karen. »Du schaffst das ja doch nicht . . .«
Angela schüttelte mit verbissenem Ausdruck den Kopf und ließ die wunden Handflächen über ihr nass geschwitztes T-Shirt gleiten.
»Was ist dahinten?«, fragte Larry. Er zeigte blinzelnd auf eine Spur, die sich in östlicher Richtung entfernte.
»Da ist der Landrover der Jacksons gefahren«, sagte Geronimo erleichtert. »Die haben den kürzesten Weg genommen. Jetzt brauchen wir nur noch ihrer Spur zu folgen . . .«
Angela stemmte sich gegen das Motorrad und schob weiter. Karen fiel auf, dass Geronimo immer wieder das Gesicht in Windrichtung drehte und aufmerksam die heiße Luft einsog.
»Was ist los?«, fragte sie.

»Ein Gewitter zieht auf . . . «, sagte Geronimo beunruhigt.
Er kannte die Tücken der Wüste, die jederzeit erbarmungslos und hart jedes Wesen aus Fleisch und Blut anzugreifen vermochte, wenn diesem die Kräfte versagten. Trotz der Hitze spürte Geronimo, wie es ihm kalt über den Rücken lief. Er hielt die Hand über die Augen und versuchte, die flimmernden Lichtwogen mit einem Blick zu durchdringen. Wenn doch nur endlich der Arroyo in Sicht käme! Dann wäre das Schlimmste überstanden . . .
Die Zeit verging. Die Sonne hatte ihren höchsten Stand überschritten. Plötzlich ertönte in weiter Ferne ein dumpfes, tiefes Grollen. Geronimo spürte sein Herz heftig schlagen.
»Schnell!«, keuchte er. »Wir müssen durch den Arroyo, bevor es zu regnen anfängt. Sonst füllt sich das Flussbett mit Wasser und der Weg ist uns abgeschnitten!«
Er warf Karen Powders Zügel zu und stemmte sich mit alle Kraft gegen das Motorrad. Zunehmend türmte sich am Horizont eine riesige Wolkenfront auf. Sie wuchs immer weiter in die Höhe. Bald glitt die Sonne wie eine bleierne Scheibe hinter ein dunkles Wolkengebilde. Plötzlich wurde es kühl. Powder blähte die Nüstern. Ein Beben durchzuckte seine Flanken; er wieherte leise und rau.
»Er spürt den Regen . . . «, sagte Geronimo.
In der Ferne grollte der Donner wie gedämpftes Kanonenfeuer. Plötzlich frischte ein Wind auf, wehte ihnen ins Gesicht und wühlte in der Mähne des Pferdes.

Die Luft begann zu knistern und zu vibrieren. Sand wirbelte daher, in Wellen, in Schwaden. Sie spürten ihn in den Augen und in der Nase. Zwischen ihren Zähnen knirschten Sandkörner; in die Hautfalten der Fingergelenke stachen scharfkantige Sandteilchen wie tausend Nadeln. Sie konnten die schwere Maschine kaum gegen die Windböen anschieben, die gegen sie peitschten.

Jetzt war die Sonne hinter den finsteren Wolkenmassen verschwunden; ein messingfarbenes Glänzen löste das gleißende Tageslicht ab. Die Windstöße ließen sie taumeln. Mit einem Mal fegte heller Blitzschein über den Horizont. Ein Donnerschlag krachte. Ein Tropfen, dann noch einer traf Karens Wange. Immer schneller und dichter prasselte der Regen auf den Sand. Ein herber, warmer Geruch strömte aus dem Boden.

»Da vorne ist der Arroyo!«, schrie Geronimo. »Gleich haben wir's geschafft!«

Wieder zuckte ein Blitz wie eine blau-weiße Narbe über den Himmel. Er fuhr in einen felsigen Hügel. Der darauf folgende Donnerschlag schien die ganze Welt in Stücke zu reißen. Sie hatten das Gefühl, ihr Trommelfell würde platzen. Powder wieherte vor Entsetzen, zerrte an den Zügeln. Karen konnte das verängstigte Tier kaum halten. Geronimo ließ das Motorrad los, um ihr zu helfen, das zitternde Pferd zu beruhigen. Ein undurchdringlicher Wasservorhang fiel vom Himmel, so, als ob sich plötzlich die ganze Wolkenmasse auf die Erde gesenkt hätte.

Bald wurde der Boden uneben und teilte sich in zahlreiche Rinnsale auf, die im Geröll verliefen. Der Sand war schon vom Regen durchtränkt, als sie das Flussbett erreichten. In Minutenschnelle bildeten sich bräunliche Sturzbäche, die immer breiter und tiefer durch den Sand sickerten.

»Schnell!«, brüllte Geronimo. »Karen, nimm das Pferd!«

Sie packte Powders Zügel, während die drei anderen mit vereinten Kräften die Maschine schoben. Der Wind sauste über die Ebene. Sie waren bis auf die Haut durchnässt. Ächzend und stöhnend quälten sie sich weiter vorwärts. Die Reifen blieben im feuchten Sand stecken, stießen gegen Steine und Geröll. Es war jetzt eiskalt. Die Temperatur musste auf null gesunken sein.

Sie hatten die Hälfte des Arroyos überquert, als sie durch das Prasseln des Regens ein seltsames Geräusch vernahmen. Es war ein gurgelndes Rauschen, das von allen Seiten zugleich zu kommen schien.

»Das Wasser!«, schrie Larry voller Schrecken. Verzweifelt stemmte er sich gegen die Lenkstange. Seine Füße rutschten im glitschigen Sand aus. Er verlor das Gleichgewicht und schlug der Länge nach hin. Wimmernd rappelte er sich wieder auf, klammerte sich an das Motorrad, stieß aus Leibeskräften. Powder verdrehte entsetzt die Augen. Er bäumte sich auf und riss sich los. Karen stieß einen Schmerzensschrei aus, als die nassen Zügel ihre Handflächen aufschabten.

Einige kräftige Sprünge brachten ihn durch das Flussbett. Triefend erklomm er den Hang. Karen wankte durch die Pfützen und half mit, das Motorrad zu schieben. Ihre Zähne klapperten, die nassen Haare hingen ihr in die Augen. Sie hatten gerade die gegenüberliegende Böschung erreicht, als sie auch schon die heranbrausende Wasserwand sahen, die von Uferhang zu Uferhang reichte und Steine und dichtes Gestrüpp mit sich trug. Mit letzter Anstrengung zerrten sie die Yamaha auf das Lehmufer hinauf, als bereits das Wasser schäumend und gurgelnd ihre Fersen umspülte . . .

Erschöpft und benommen standen sie oben am Hang. Dort, wo kurz zuvor noch trockener Sand das Flussbett ausgefüllt hatte, wälzten sich schlammige, rauschende Wassermassen. Blitze jagten über das Firmament, der Wind heulte, während der Donner unaufhörlich krachte. Angela ließ sich kraftlos auf den matschigen Boden sinken. Sie legte den Kopf auf die Knie und schloss die Augen, ungeachtet des Regens, der über ihre Schultern rann. Die Kälte hatte Karen in ein schlotterndes Bündel verwandelt. Larry war von Kopf bis Fuß mit Schlamm bedeckt. Die Tropfen prasselten gegen seine Brillengläser.

Geronimo lehnte keuchend an Powders Flanke, der mit hängendem Kopf unbeweglich im Geröll stand. »Großer Manitu!«, murmelte er, als er wieder zu Atem kam. »Das ist ja noch mal gut gegangen . . .«

In ihrer Erschöpfung hatten sie jedes Zeitgefühl verloren, doch nach und nach spürten sie, wie sich das Donnergrollen entfernte. Der Regen wurde schwächer und hörte schließlich ganz auf. Zerrissenes Gewölk trieb am Himmel dahin. Ein ständig wachsender Glanz erfüllte die Luft; und mit einem Mal trat aus

dem Dunstschleier das klare, starke Sonnenlicht hervor. Wasser und Wüste färbten sich golden. Alles ringsum glänzte, funkelte, strahlte. Geronimo wischte sich das nasse Haar aus dem Gesicht. Er kniff die Lider zusammen und ließ die Augen über die Ebene schweifen.
Der Ruf, den er ausstieß, riss die drei anderen aus ihrer Benommenheit. Taumelnd und geblendet richteten sie sich auf und folgten Geronimos Blick. Unter den dahineilenden Wolkenfetzen zog sich der Highway von El Paso wie ein rötlich grauer Streifen am Horizont entlang. In der rein gewaschenen Luft waren die Telefonmasten und die weiß getünchten Häuser der Grenzstation deutlich sichtbar . . .
Ein Lächeln glitt über Angelas Gesicht. Karen sah den Triumph in ihren Augen und das kurze Aufblitzen der weißen Zähne hinter den Lippen. Sie sagte nichts, aber Larry stieß einen schrillen Cowboyjauchzer aus und Geronimo rief: »Geschafft!«
Karens Herz klopfte vor Freude. Ihre Müdigkeit war plötzlich wie weggewischt. Sie spürte kaum noch ihre schmerzenden Glieder.
Ich muss Großmutter sofort vom Grenzposten aus anrufen, ging es ihr durch den Kopf. Sie wird sich Sorgen machen . . .

Angela, Geronimo und Larry saßen auf dem Sofa in Onkel Phils Esszimmer. Angela war mit seinem weißen Bademantel umwickelt, der auf ihrer schwarzen Haut toll zur Geltung kam. Geronimo und Larry versanken in Onkel Phils Hemden. Seine Hosen, die ihnen zwei Nummern zu groß waren, rutschten ihnen dauernd auf den Bauchnabel. Ihre nassen Sachen trockneten im Badezimmer auf einer Leine.

Karen trug einen blau-weiß gestreiften Männerpyjama. Sie war damit beschäftigt, einen riesigen Salat in einer Schüssel zu mischen, während Onkel Phil einen Omeletteteig schlug. Eine Plastikschürze steckte in seinem Hosengurt. Onkel Phil kochte leidenschaftlich gerne und geschickt. Er hatte große Ähnlichkeit mit Großmutter: die gleichen blauen Augen, die gleichen braunen, ebenmäßigen Gesichtszüge, nur jünger natürlich. Er trug die schwarzen Haare länger, als ihm die Vorschrift gestattete. Er hatte nicht die geringste Lust, bis an sein Lebensende Grenzwächter von San Pascual zu bleiben, und nahm durch Korrespondenz an Fortbildungskursen für technisches Zeichnen teil.

»Im Grunde hat Angela die Angelegenheit richtig eingeschätzt«, sagte er, indem er sorgfältig Salz, Pfeffer und etwas Zucker in den Teig streute. »Man kann nicht viel gegen diese Kriminellen machen. Sicher, ihr habt Larry als Zeugen und die Unterstützung seines Vaters ist euch gewiss. Aber die Jacksons werden sich auf das Gesetz berufen. Im Staate Texas ist das Jagen von Wildpferden kein Verbrechen. Und ihr seid es«, mit

einem Blick auf Geronimo, »die bestraft werden könnten, weil ihr den Autoreifen zerstochen habt.«
Geronimo zuckte die Schultern. Er hatte sich nie Illusionen hingegeben, das war nicht seine Art. Die ganze linke Seite seines Gesichtes war stark angeschwollen und verschwand unter einem dicken Verband. »Schon gut! Die Hauptsache ist, wir haben die Mustangs in Sicherheit gebracht.«
»Es hätte nicht viel gefehlt und der Hengst wäre eingeholt worden«, erzählte Onkel Phil. »Im letzten Augenblick habe ich den Landrover zum Halten gezwungen. Das Gefluche hättet ihr hören sollen! Einer der Kerle hatte eine verletzte Hand, die übel aussah. Er suchte einen Arzt. Ich musste ihm erklären, dass Dr. Lopez, der mexikanische Arzt von San Pascual, sein Wochenende in El Paso verbringt und dass man sich während dieser Zeit an die Ortsapotheke wenden soll. Was den Mechaniker betrifft, der arbeitet am Sonntag ebenfalls nicht. Die Mexikaner hassen es, sich zu überanstrengen. Außerdem schätzen sie die Yankees nicht besonders.«
»Viel Vergnügen, ohne Windschutzscheibe nach Silver City zurückfahren zu müssen!«, grinste Karen.
»Vor allem nach dem Gewitter«, sagte Geronimo. »Die Temperatur wird heute Nacht auf den Gefrierpunkt sinken.«
»Es muss verhindert werden, dass die Mustangs nach Texas zurückkehren«, fuhr Onkel Phil fort. »In der Wüste sind die Grenzen schwer unter Kontrolle zu halten. Ich habe mit dem Sheriff darüber gesprochen. Er wird dafür sorgen, dass die Herde in ein Gebiet ge-

trieben wird, in dem genug Wasser und Nahrung vorhanden ist. Natürlich wird uns der Leithengst etwas Mühe machen ...«

»Man muss ihn nur zu nehmen wissen«, meinte Geronimo. »Eigentlich ist er sehr sanft ...«

Onkel Phil lachte. »Wie ein Lämmchen, das kann ich mir vorstellen! Aber ich ziehe es vor, nicht in seine Nähe zu geraten!« Er gab den Teig in eine Pfanne, nahm eine Tischdecke und bunte Papierservietten aus dem Küchenschrank und reichte sie Larry. »So, du kannst den Tisch decken! Wenn ihr gegessen habt, werde ich euch mit dem Lieferwagen nach Silver City zurückbringen. Er hat auch Platz für das Pferd.«

»Und mein Motorrad?«, fragte Angela.

»Das bleibt hier. Der Mechaniker wird sich darum kümmern. Er ist ein guter Freund von mir. Also keine Sorge wegen der Rechnung! Sobald das Motorrad geflickt ist, werde ich es euch mit dem Lieferwagen bringen.«

»Danke, Mister«, sagte Angela gerührt.

»Nenn mich nicht Mister. Ich heiße Phil.«

Eine Gitarre hing an der Wand. Geronimo nahm sie herunter.

»Spielst du Gitarre, Phil?«

»Ein wenig.«

Geronimo stützte das Instrument auf sein Knie. Er stimmte es sorgfältig und begann »Scarborough Fair« von Simon und Garfunkel zu summen. Die sanfte Melodie stand im krassen Gegensatz zu den ereignisreichen und gefährlichen Stunden, die sie hinter sich hatten, entsprach aber ganz ihrer augenblicklichen Stim-

mung: einem mit Bitterkeit vermischten Glücksgefühl, Hunger und einschläfernder Erschöpfung. Im Schneidersitz auf dem Sofa hockend, schnippte Angela mit den Fingern im Rhythmus der Musik. Larry stellte Teller und Gläser auf den Tisch, legte Messer und Gabeln dazu und faltete sorgfältig die Papierservietten. Karen brachte die Salatschüssel herein. Onkel Phil hatte ihr den aufgerissenen Nagel entfernt und verbunden. Die Wunde brannte noch ein wenig, aber es würde ihr bestimmt besser gehen, sobald sie etwas gegessen hatte.
Das Omelett verbreitete einen herrlichen Duft. Onkel Phil ließ es auf einen großen Teller gleiten und zwinkerte fröhlich mit den Augen. Karen lächelte zurück. Sie fühlte sich wohl.

Federica de Cesco

Pferde, Wind und Sonne

Ferien in der Camargue! Für Sophie geht ein Traum in Erfüllung: Sonne, Wind und Pferde! Besonders der wilde Hengst Etoile hat es Sophie angetan. Ihr gelingt es als Einzige, Zugang zu dem stolzen Tier zu finden. Doch als Alain, der Neffe der Gutsbesitzerin, versucht, den Hengst zu bezwingen, kommt es zum Kampf auf Leben und Tod.

Arena

184 Seiten • Arena-Taschenbuch
ISBN 978-3-401-50649-4
www.arena-verlag.de

Auch als E-Book erhältlich

Federica de Cesco

Solal, das Feuerpferd

Leonie lebt mit ihrer Großmutter in einem südfranzösischen Dorf. An die Ablehnung der Nachbarn hat sie sich gewöhnt, denn seit Generationen sagt man den Frauen in ihrer Familie geheimnisvolle Hexenkräfte nach. Doch sie selbst scheint die Begabung gar nicht geerbt zu haben und sucht verzweifelt nach ihrer eigenen Bestimmung – bis sie eines Tages auf ein geheimnisvolles Pferd stößt ...

Arena

224 Seiten • Arena-Taschenbuch
ISBN 978-3-401-50466-7
www.arena-verlag.de

Christa Schütt

Pferdeliebe pur!

Ein Traum wird für Sabine wahr: Sie bekommt Extra-Reitstunden, darf die Vollblutstute Rebecca pflegen und sogar auf ihr reiten! Doch bald fällt Sabine aus dem siebten Himmel: Rebecca zieht mit ihrer Besitzerin um. Gar nicht leicht, einen geeigneten Ersatz zu finden – bis Sabine dem Scheckpony Harlekin begegnet. Gleich zwei turbulente Alltagsgeschichten aus dem Leben mit Pferden.

Arena

384 Seiten • Arena-Taschenbuch
ISBN 978-3-401-02852-1
www.arena-verlag.de

Margot Berger
Pepper und Flo

Mein größter Pferdesommer

Flo bekommt endlich ein eigenes Pferd! Doch dabei läuft nicht alles nach Plan. Wird Flos großer Traum dennoch in Erfüllung gehen? Pepper und der Haflinger Alpino sollen auf die Sommerweide – und ihre Besitzerinnen Flo und Emily dürfen die Verpflegung der Pferde selbst übernehmen – ein Riesen-Abenteuer, an dem beinahe ihre Freundschaft zerbricht. Margot Berger erzählt spannende Geschichten, gespickt mit wichtigen Informationen und nützlichen Tipps rund um die Themen Pferdekauf und Pferdehaltung.

Arena

416 Seiten • Arena Taschenbuch
ISBN 978-3-401-50548-0
www.arena-verlag.de

Margot Berger

Wahre Pferdegeschichten

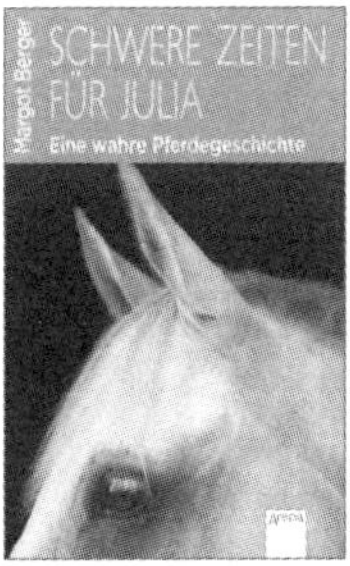

978-3-401-50913-6

Schwere Zeiten für Julia

Obwohl ihr Schimmel Lombard als talentiertes Springpferd gilt, verliert Julia mit ihm jeden Wettkampf, bis der Pferdewirt Kevin ihr anbietet, Lombard kostenlos zu trainieren. Immer stärker drängt Kevin sich jedoch zwischen Julia und Lombard und zwingt Julia schließlich dazu, eine folgenschwere Entscheidung zu treffen.

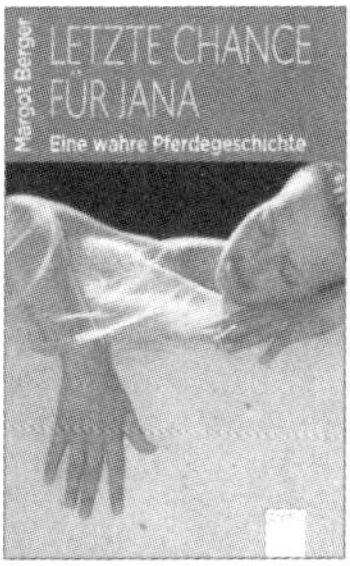

978-3-401-50914-3

Letzte Chance für Jana

Niemals hätte Jana damit gerechnet, vor dem Jugendrichter zu landen. Mal ein PC-Spiel oder Alk zu klauen – das ist doch keine große Sache. Doch dann wird sie zu 60 Sozialstunden auf einem Pferdegnadenhof verdonnert. Ein Albtraum, findet sie. Bis sie auf dem Hof die misshandelte Stute Fenja kennenlernt und versteht, was es wirklich heißt, Verantwortung zu übernehmen.

978-3-401-50915-0

Auf der Suche nach Calido

Amelies Augen gleiten über die friedlich grasenden Pferde auf der Koppel. Sie kann es immer noch nicht begreifen. Eigentlich sollte dort auch ihr Friese Calido stehen, an seinem Platz unter den Eichen. Doch er ist fort. Calido ist gestohlen worden – entführt bei Nacht und Nebel. Für Amelie bricht eine Welt zusammen. Sie beschließt, auf eigene Faust nach ihrem Pferd zu suchen.

Arena

Jeder Band:
Arena-Taschenbuch
www.arena-verlag.de

Jutta Beyrichen

Der Ruf der Pferde

Seit ihr bester Freund bei einem Reitunfall ums Leben gekommen ist, gibt es für Patricia nur noch Schmerz und Verzweiflung. Erst ein Urlaub im schottischen Hochland ändert alles für sie. Denn dort stößt die 14-Jährige auf die junge Stute Dallis, die genauso verstört zu sein scheint wie sie selbst. Behutsam versucht sie, das Pferd aus seiner Isolation zu befreien. Doch dann werden mit einem Schlag Patricias Bemühungen zunichtegemacht ...

Arena

Auch als E-Book erhältlich

312 Seiten • Arena-Taschenbuch
ISBN 978-3-401-50809-2
www.arena-verlag.de